文芸社セレクション

あたり屋

～ Crash for cash! ～

清水 徹也

文芸社

目次

あたり屋　～Crash for cash!～

〈Crash for cash!〉

この道を歩き続けるしか、もう俺には進むべき道がないというのか。そういう事なのか。それがたった一つの正しい答えだとでも言いたいのか。

心の震えをとてもじゃないが、抑える事が出来なかった。

強烈な真冬の北風を正面に受けながら必死に瞑想を繰り返した。

何故だかさっきから涙が止まらない。悲しいのか嬉しいのか全く分からない。こんな理不尽な涙が出たのは、生まれて初めてだ。

教えてくれ。この道を歩き続けた先に、一体何があると言うのか。何が俺を待っていると言うのか。全く分からない。だからこそ自ら進んで、それを確かめてこいとでも言いたいのか。仮にそこには悲惨極まりない、ただただ真っ暗な暗闇の世界が待っていたとしても。

更に強まる極寒の北風を受けながら、背中を丸め歩いていると、今俺は本当に自分の力で歩いているのかさえ、疑わしい気持ちになっていた。まるで誰かに引っ張られている様な感覚を覚えた。そうまるで誰かに導かれている様な。答えの出ない瞑想を繰り返す中、ただ一つだけ自分の中ではっきりした答えがあった。

それは俺があたり続ける事しか許されないというたった一つ現実だ。

たとえ何があったとしても。たとえ、そこに何が待っていたとしても。

それが俺の望んでいた答えではなかったとしても。

そう。俺はあたり屋だ。

〈Traditional Breakers〉

俺の職業はあたり屋だ。職業と言うとおこがましく聞こえるかもしれないが、現実にそれで生計を立てているのだから仕方がない。

あたり前のことだが、学校を卒業してすぐに始めた訳ではない。

こんな俺でも、一応はサラリーマンで生計を立て、立派に女房子供を養っていた時代もあった。

立派？　ちょっと違うな。「なんとか」という言葉の方がしっくりくる。

あの頃のことを、色で表現するなら灰色か深緑色か。絶望的な昨日では決してなく、かといって光り輝く眩しい明日もなかった。

あるのは、ただただ平凡な毎日だけ。上司の命令に従順に従いさえすれば、会社という巨大な組織が、俺の平凡な毎日を淡々と守ってくれた。時々、灰色や深緑色の矛盾やストレスが心を染める時もあったが、そんなときは、同僚と大して旨くもない酒を酌み交わし、そんな矛盾やストレスを、惰性の中で日々排除していた。いや、見ないフリをしていたという方が、正しいかもしれない。

そんな退屈で平凡極まりない毎日を、二十五年間も続けた四十七歳のある寒い冬の年の瀬に、俺の人生は急転する。

いつものように、満員電車に一時間揺られ、会社に到着すると上司の上川課長から、応接室に入るよう命じられた。

部屋に入ると、上川課長は不機嫌そうな表情を浮かべ「ああ、新井さん、急に呼び出してすまんな。まあ座ってくれ」と言って腕を組んで、大きなため息を一息ついた。

上川課長は、俺の二歳年下で今年で四十五歳だった。この年齢になると年下の上司がいても大して珍しい事でもなかった。

昔は「こいつと俺は一体どこでこんなに差がついたのだろう?」と悔しい思いで考えることもあったが、最近では全く気にせず、部下として従順に従うようになっていた。それが一番ストレスを感じなくて済む方法だと本能で理解していたのだろう。

でも、本心の俺はそこに決して満足などはしていなかった。当然、心の奥底には悔しい想いが眠っていた。でもこの想いを、今更呼び起こしたところで、何も始まらないと勝手に決めつけていた。もう終わった事だと感じていたのだろうか。負けた試合だと。

そんな中で、たった一つの救いは、俺はこの上川課長とこの職場で出会うまで、全く面識がなかったという事だ。

変に若い頃に一緒に馬鹿をやって気心が知れている奴のほうが、いざ上下関係になった時、素直に従えなくなるものだ。同期の上司は一番仕事がやり辛いという事はよく聞く話だ。

俺は、上川課長に促されるままに、一礼しながらソファに腰を下ろした。

上川課長は、俺と目を合わせずに「どう、あの例のアスナロ電装の件は?」と何処かそわそわした落ち着きのない態度で問い掛けてきた。俺は「順調そのものです。来週には装置全体での提案書がまとまる予定です。そこで問題が無ければ価格の話に進展するはずです。そうなればこっちのものです」と言って自信満々に大きく目を見開いた。

するると上川課長は「ああ、そうか。そいつは良かった、ははは、良かった、ははは」と何処か心ここにあらずといった感じの不自然な笑いを浮かべた。

相変わらず俺と目を合わせる気配が全くない。こいつはさっきから、一体何処を見て話しているのだ。さっきから目が綺麗に泳いでいる。

その綺麗な、まるでオリンピックの水泳選手のように泳ぐ目を追いながら、俺は何か妙な不安感を覚えた。

すると、上川課長の目は急に泳ぐのをピタリと止め、急に俺の目を一直線に見つめながら「新井さん、すまん！　会社を辞めてください！」と言ってテーブルに額が着くほど深々と頭を下げた。

俺は一体何が起こっているのか理解出来ず、ぽかんと上川課長の後頭部を見つめた。

上川課長は頭を起こすと「新井さん、あなたもよくご存じだと思いますが、我が社は、来期からコロナ電気の検査装置の販売権を失うことになる。新井さんも分かっていると思いますが、コロナ電気は我が社で2番目の仕入先で年間百億円規模の仕入販売を行っている」と言って、さっきまでの目の泳ぎが信じられないくらい俺の目をしっかり見つめながら話した。

俺は半導体製造装置の商社に営業マンとして二十五年間勤務していた。会社は一応、一部上場企業だった。

そしてコロナ電気の検査装置は、価格競争力に優れていた為、市場シェアが非常に高く、我が社の業績の大きな柱となっていた。

しかしながら、コロナ電気は外資系資本の会社であった為、商社にもかなり高いハードルの販売ノルマを求めてきた。我が社も相当な販売努力を繰り返してきたが、残念なことに求められたハードルを四期連続で超える事が出来ず、来期よりいよいよ販売権を失うことになってしまった。

「これは我が社にとって大きな打撃だ。新井さんも分かっていると思うが、こうなってくると、どうしたって食っていける体制を、再構築しなければならない」とまるで何かが吹っ切れたように、今度は勢いよく俺に語り始めた。

そして「申し訳ない、事情を理解してくれ。俺だって年上の先輩にこんな不義理な事はお願いしたくない。でもね、これは会社の決定事項なんだ。社長命令なんだ、頼む何とか理解してくれ。理不尽な事を言っているのは、俺だって重々承知している。でもこれは、俺の力だけじゃどうにも出来ない。頼む！　何とか受け入れてくれ」と一転して今度は何かを訴えかけるような弱々しい目線を俺に向けてきた。

「今は労働基準局が何かとうるさいだろ。だから『お前はクビだ～！』なんてことは会社としても絶対に言えません。だから何とか穏便に事を済ませたいんだ。頼む、分かってくれるよね。その～なんていうのかな、大人の事情って奴をさ。ね、ね、ね」と今度は媚びるような態度ですり寄ってきた。

俺は必死になって混乱している自分の頭の中で「なぜなぜ」と自問自答を繰り返していた。

会社がコロナ電気の一件で、今大変な状況にある事はある程度理解していた。リストラが行われるのではないかという噂もちょくちょく耳にしていた。「この不景気にリストラになる人は大変だなぁ」と完全に他人事のように捉えていたが、まさか自分がその対象になっているとは、夢にも思っていなかった。この俺が。もう会社には不要だと。もうお前の座る席は無いと。

何故か？　それは我が社が、大手仕入先であるコロナ電気の販売権を失った事による人員整理の為だ。

ではなぜ俺なのか？　それは、恐らくこの部署の担当者で一番年齢が高いからだろう。担当者の中で一番の高給取りだからだろう。そうに違いない、そこは理解した。

でも俺にだって守らなければならない家庭がある。易々とこの命令に「はい、分かりました」従う訳には行かない。

この年齢での再就職なんて圧倒的に不利だ。というより、まともな会社に行く事なんてまず不可能だろう。

そして何より、二十五年間もの長きに渡り、俺は身を粉にしてこの会社の為に尽くしてきたではないか。多くの競合会社と血の滲む様な幾多の戦いを繰り広げてきたではないか。会社はその俺の功績を全く無視するつもりか。

功績？　血の滲む様な戦い？　俺はこの言葉に対して何かしっくりとこない、強い違和感を覚えた。

本当にそんな壮絶な戦いを、俺は自分の確固たる意志を持って繰り広げて来たのか？　この俺が。自問自答を繰り返したが、答えは見つからなかった。

もしかしたら、やらないと上司に怒られるから、やむ負えず戦っていたのではないか？　本当に自分の自発的な意志で戦っていたのだろうか？　会社の駒として、ただ命令に従って動いていただけではないのだろうか。

俺は過去の記憶を必死になって蘇らせたが残念な事に、戦ったという確かな実感は沸いてこなかった。全ての事にまるでリアルさが感じられない。

そうやって必死になって無言で自分の頭の中を整理していると、上川課長が「新井さん、新井さん」と言いながら俯いている俺の顔を不安そうに覗き込んでいた。

俺ははっとして顔を上げ「すみません」と詫びた。

上川課長は優しく微笑みながら「いいんですよ、そりゃショックですよね。大丈夫ですか？」と俺を気遣った。

俺は「大丈夫ですが…その…なんていうか心の整理がまだ付かなくて…」としどろもどろに答えた。

上川課長は「そりゃそうですよね。いきなりこんな話をされたら誰だってそうだ。私だって急にこんな事を宣告されたら、桂三枝のようにソファから転がり落ちますよ。無理しないでください。じっくり時間を掛けて自分の心を整理してください。それから、今日はもう帰っていいですから、じっくりご家族とも相談してください」と言ってソファからゆっくりと立ち上がった。

時計を見ると午前十一時を回っていた。

俺もゆっくりとソファから立ち上がりながら「いえ、大丈夫です。定時までいますよ。俺にだってそれくらいの意地はありますから」と言って応接室を出ようとすると、上川課長は少し慌てながら「そうですか、まあ、そこは任せますけど。あ、あと、さっきゆっくり考えてくれと言いましたが、一応返事は今日が火曜日だから、そうだなぁ金曜日くらいまでにもらえると助かります。部長から期限を切られちゃってね」

と申し訳なさそうに笑った。

　俺はその事務的な依頼にいら立ちを隠せず、上川課長を完全に無視して応接室を後にした。


　応接室から自分の席に戻るまでの間、同僚たちからの視線が、いつもと違うように感じられた。気のせいかひそひそ話まで聞こえてくるようだ。

　席に座っても何か落ち着かない。周囲の視線が痛いほど強く感じられた。何というか、見てはいけないものを、チラチラ見られている感じだった。

　もしかしたら、このリストラに自分が対象になっている事を知らなかったのは、この職場で自分だけだったのではないか。自分の人事情報を、自分が一番最後に知るなんて事は、サラリーマンではよくあることだ。

　そうかみんな知っていたのか。知っていて敢えて言わなかったのか。きっとそうに違いない。そして俺が応接室に呼ばれた瞬間に、みんな俺の壮絶な死刑宣告シーンを、勝手にイメージして安っぽく同情していたのか。可哀そうにと。

　皆には、今のこの俺がどう見えるのかな。さぞかし哀れな情けない中年男に見えているに違いない。

　人の不幸ほど面白いものはないと言うが、これは真実であることが、今改めてよく分かった。

そんな事ばかり考えていると、急に胸が苦しくなってきて、精神的にもうこれ以上この席に座り続ける事は不可能だと悟り、俺は十一時半に体調不良を理由に会社を早退した。


それから約一時間電車に揺られ、自分のマンションがある駅までたどり着いた。

電車のシートに座ると、今まで感じたことのない底知れぬ不安感に全身が襲われた。

果たして俺は今、この世界でちゃんと生きているのかさえ、確かな自信が持てなくなっていた。足の指先に全く血流を感じなかった。

俺は一点を集中して見つめていた。目をつぶってしまうと襲い掛かる不安に負けそうになったからだ。襲い掛かる不安に全身を、食いつかれそうな気持ちだった。

家族に何て言おう。そして何て言われるのだろうか。

そんな事を考えていると、目を見開いていても襲い掛かる不安に負けてしまいそうになった。

でも俺にとっては、何よりも大切なのは家族だ。こんなところで負ける訳にはいかない。何があっても絶対に守り切ってみせる。それは約束する。

でも情けない話だが、今は正直助けて欲しい気持ちで一杯だ。

会社の中は、全員敵だらけに見えた。会社の中で、俺を助けてくれる人など一人もいない。今、俺の事を助けてくれるのは、家族以外には考えられなかった。

絶え間なく襲い掛かる底知れぬ不安と必死に戦いながら、何とか駅に辿り着いた。

ふと、駅の時計を見上げると、午後十二時三十分を回っていた。

食欲は全く無く、むしろ無性に酒が飲みたかった。酒の力を借りないと、とてもじゃないが、この不安感に勝てる気がしなかった。

俺は駅を出ると、必死になって酒が飲める店を探したが、さすがに平日のこの時間に開いている居酒屋は一軒も無かった。

それでも酒を求めて、吉田類の如くさまよっていると、お世辞にも綺麗とは言えない中華料理店が目に入った。

「ここならビールくらい飲めるだろう」と思い俺は店の扉を開けた。

中に入ると、厨房では白衣を着たおじいさんが、忙しそうに鉄の中華鍋を、お玉でカンカン鳴らしながら炒め物を作っていた。

俺が店の中に入るとこれまたお世辞にも綺麗とは言えないババアが、俺を二人掛けのテーブル席へと案内した。俺はビールと餃子と肉野菜炒めを注文した。

会社から出て外部の環境に接したせいか、さっきよりは、少し精神的に落ち着いてきている。

あの口惜しさと恥ずかしさと情けなさが入り混じった感情を、消し去ることまでは出来なかったが、少なくとも今自分が置かれている状況を、冷静に分析出来るレベルまでには回復しているように思えた。

そもそも何でこんな事になってしまったんだろう。今頃、職場のＯＬ達は、俺の事を悲劇の主人公に祭り上げて、ひそひそと笑いながら、お弁当をむさぼっている事だろう。

同僚の男どもは、俺の事をさぞかし安っぽく憐れんでいるのだろうか。

俺が一体何をしたっていうのだ。いや逆に何もしないからこんな目にあったのか。いやいや、俺だってほかの同僚に負けないくらい努力してきたたし、情熱を傾けて仕事に取り組んで、いくつもの成果を挙げてきた筈だ。努力？　情熱？

会社に居るときから、何かこの種の言葉には今一つしっくりこないものを感じていた。違和感というべきか。

そんな事を考えていると、ババアが瓶ビールと餃子を運んできた。「いいご身分だね～平日の昼間からビールなんて」と軽く嫌味を言いながら瓶ビールと餃子をテーブルに置いた。

俺は「うるせ～ババア、お前に今の俺の気持ちが分かってたまるか」と小さく毒づきコップにビールを注いだ。

ビールを一口飲むと余りのうまさに、そのまま一気に飲み干した。荒れ果てて、ひび割れだらけの心に浸み込んでいくように感じ、すかさずもう一杯を一気に連続して飲み干した。

空のグラスにビールを注ぎながら、努力や情熱といった言葉に対する、妙な違和感の正体を考え始めていた。

その大きな要因のひとつは、自分でもはっきりと自覚していた。それは、俺の性格の問題だ。俺は幼い頃から、ここ一番のところで、いつも心の情熱が一気に冷めてしまうところがあった。

中学、高校と反抗期を迎えた時、友人達としょっちゅう喧嘩をしていた。その年頃には、よくある事だが、いつも俺の怒りに燃え上がる炎は、殴り合いが始まると嘘のようにスッと消え去ってしまった。

だから喧嘩には、負けてばかりいた。情熱は燃え上がるのだが、いざ始めるとすぐに消える。熱しやすく冷めやすいという言葉の枠に、収まりきらないレベルだった。

何か熱くなっている自分を、客観的に見てしまうもう一人の自分が心の何処かにいるのだ。熱くなっている自分が、物凄く格好悪く見えてしまうのだ。

恐らくは、小心者の自分が怒りに任せて立ち上がったはいいが、いざやろうとすると怖くなってしまい、冷めたふりをして現実から逃げていたのだろうか。

俺はこの何か煮え切らない、すぐに諦めてシラけたふりをして誤魔化すこの自分の性格が、大嫌いだったから必死に直そうとした。でも結局は直す事が出来なかった。会社に入ってからも、この熱しやすく冷めやすい小心者の性格は、俺の出世の邪魔をし続けた。

大きなプロジェクトを任され「よし！　頑張ろう！」と熱い情熱が湧き上がるのだが、いざプロジェクトが始まると、失敗したらどうしようという不安に苛まれ、俺の熱い情熱は嘘のように消え去っていった。

当然、情熱が無い仕事などうまくいくはずがない。リーダーシップをとって、組織をまとめる事など出来るはずがない。

そんな人間の出世など夢のまた夢の話だ。

ただそれでも俺は、間違いなく二十五年間もの間、一部上場企業の営業マンとして第一線で戦ってきたではないか。戦ってきた？　うん何か違うな。戦わされてきた？　あ～こっちの方がしっくりくる。

まあ、戦わされてきたのかもしれないが、結果として多くの商談も勝ち取り会社の業績に貢献してきたではないか。貢献？　うん、これは確かにそうだ。間違いなく貢献はしてきたと思う。

でも、今思うとそれは、誰がやっても同じ結果を出せたのかもしれない。だって俺は、上司の指示通りにひとつの駒として動いたに過ぎないのだから。

俺は一つ一つ思い浮かぶ言葉や出来事を、じっくりと咀嚼した。

そしてビールを飲みながら、新入社員から現在に至るまでの過去の記憶をぼんやりと蘇らせた。色々な職場環境の中で、色々な上司の元で幾多の仕事をしてきた。

新入社員の時、初めてついた上司は厳しい人で毎日怒鳴られていた。会社を辞めようと思ったことだって何度もあった。あの時の俺を踏み止まらせたのは一体何だったのだろうか？

そのあと、何回か地方の営業所へ転勤をした。職場環境はそれぞれ若干違ったが、所詮同じ会社なので、ルールはどこの営業所も同じで、やる事や求められる事に大差は無かった。

その時、餃子を食べながら俺はふと一つの事に気付いた。それは、結局俺のサラリーマン人生は「ほとんどが人からの指示や命令で動いていただけなのではないか」という事だ。それは上司だったり、お客さんだったり、仕入先だったり。結局、自分の意志で動いたり、自分のやりたい事をしたなんて、ほんの僅かだったように思えた。

言われたことを、ちゃんとやらないと怒られる。でも、ちゃんとやりさえすれば、たとえ結果が出せなくても、会社という巨大な組織が、俺の生活を守ってくれた。

「やらされ仕事」という言葉が、ふと頭をよぎった。

まだ若い頃、先輩からよく言われたっけ。「目先のやらされ仕事ばかりやっていたら、絶対に社会人として成長なんか出来ないぞ！　自分のやりたい事や目標をちゃんと会社に主張して、同意を得て、必死になってそれにぶつかり、その都度プロセスをきちんと会社に報告するんだ。それが本当の仕事だ！」とよく飲み会で先輩から説教された事を、懐かしく思い出した。

あの時、その場では理解して酔った勢いもあり「よし！　明日から実行してみよう！」とは思うものの、翌朝になると結局、寝坊せずに会社に行くのが精一杯となり、会社に着くと上司から「あれやったか、これやったか」攻撃を受け、とてもやらされ仕事以外の事を、自発的にやれる環境など作れなかった。

「でもサラリーマンなんて、大なり小なりそんなもんじゃないだろうか」とそう思った時、それは違うと感じた。

上川課長や他の俺より出世している人間達は、間違いなく俺より交渉力や人脈構築力に長けていた。

それは、何回も同行して、何回もその実力と仕事に対する想いの差を、目の当たりにして来たから間違いない。

悔しいかな、上川課長と同行すると、お客さんは上川課長の話術に引き込まれ、担当者である俺の顔など見ようともしなかった。

この辺りが、やらされ仕事ばかり二十五年間もやってきた俺と、自分の意志で自分の想いを自己実現してきた人達との違いなのだろうか。そのひとつひとつの積み重ねの差が、ここにきて大きな未来の違いとなって、襲い掛かってきたのか。

悔しいけど認めざるを得なかった。俺はやらされ仕事ばかりを、二十五年間ただひたすら必死にこなしていただけだったのかもしれない。たいそうな仕事をしているフリをしながら。たまたま得た偶然という成果を大げさに振りかざしながら。

その答えにたどり着くと、何となく感じていた違和感が、自分の中で腑に落ちていった。

でも、とてもじゃないがアルコールの力を借りないと精神のバランスが保てる状態ではなかった。

それが出来なかった自分が無性に悔しくなったり、泣きたくなったり、腹が立ったり…

店の時計を見ると、もう午後三時を回ろうとしていた。

気が付けば店も一段落着いていて、さっきまであんなに忙しそうに中華鍋を煽っていたおじいさんも、カウンターに腰掛けて、テレビを見ながらタバコをふかして休憩していた。

ふとテーブルを見渡すと既に、瓶ビールを３本飲み干していた。でも今の俺にはもっと強いアルコールが必要だった。

　ふと店の冷蔵庫を眺めると、瓶ビールの棚の上にコーラの瓶と一緒に冷やしてあるワンカップの日本酒が目に止まった。俺はババアを呼んで、日本酒をオーダーした。

　するとババアは「うちもさ～こう見えても一応ね、中華料理店だからビール以外の酒は、紹興酒しか置いてないよ」と不機嫌そうな表情を浮かべながら答えた。

　俺はすかさず「だってあそこに日本酒があるじゃないですか」と冷蔵庫を指差しながらババアに精一杯の反論をした。

　するとババアは「あ～あれ、あれはね、おじいさんの晩酌用を冷やしているだけだよ。いつも店の後片付けが終わったらカウンターで一杯飲むのが決まりでね」といってテーブルを拭きながらビールの空き瓶をお盆に乗せた。

　その時不意に、カウンターに腰掛けテレビに顔を向けていたおじいさんが、こっちを振り向き「いいよ、飲めよ。飲みたい気分なんだろ。俺のおごりだ」と一言いうとまた俺に背を向けテレビを見始めた。

　俺はおじいさんの不意打ちの優しさに触れ、今まで必死になって堪えてきた感情が、心の中で一気に崩れ落ちる感覚を覚え、不覚にも涙が止まらなくなっていた。

　ババアが運んできたおじいさんの晩酌用の日本酒を飲みながら、今日一日を振り返った。

こんなに辛い一日は本当に久しぶりだった。会社の連中は全員敵に見えた。ちょっとでも気を緩ませると、その場から抹殺されるのではないかという、恐怖感に近い感覚がずっと付きまとっていた。

少なくとも、今の職場の同僚は、何年間か一緒に苦楽を共にしてきた仲間だと思っていたのに。

それだけに、おじいさんの優しさと、頂いた日本酒は余計に深く胸に染み渡った。涙と同時に、必死に堪えていた叫びが、心の底から湧き出て止まらなくなった。

こんな俺だって、一生懸命頑張って来たんだ。そう、それがたとえやらされ仕事だったとしても、今日までの二十五年間、必死になってやって来た。それだけは間違えない。

でも、「そんなのみんな頑張っているんだよ」なんて言わないでくれ。「そんなのは、やって当たり前の事なんだよ」なんて絶対に言わないでくれ。分かっている。分かっているさ。つまらない愚痴だって事は。こんな俺だってそれくらいの事は理解している。正に負け犬の遠吠えだと。今更後悔したって、もうどうしようもない事も十分に理解している。

ただ、ただ今日だけは言わせてくれ。いや、今だけでいい。いやダメなら今この瞬間だけでもいい。頼む、言わせてくれ。俺だって、俺だって、俺だって…ちくしょう…

日本酒を飲みながら、心の奥底に居る本当の自分と向き合った感覚を覚えた。そして、おしぼりで何度も涙と鼻水を拭った。

結局、おじいさんから頂いた日本酒だけではとても足りず、四合瓶の紹興酒を追加注文した。

誰も分かってくれない、誰も理解してくれない自分勝手で理不尽なこの心の叫びをなだめるには、もう少し酒の量が必要だった。

「一生懸命仕事をやっている姿は、必ずどこかでお天道様が見てくださっているものだ。だからどんな仕事でも手を抜かずにきっちりとやりきれ！」とその昔、居酒屋で先輩から諭された事があった。でもそんなの嘘っぱちだ。見てないじゃないか、見てくれてないじゃないか。それを信じて一生懸命に地道な仕事も手を抜かずに励んできたつもりだ。でもそれも今日でお終いだ。

今のこの俺の哀れな姿こそが全ての答えだ。全ての現実じゃないか。お天道様なんか何処にも居やしない。そもそも実在しない。じゃあ誰かお天道様を目撃した人がいるとでも言うのか。いる筈がない。実在するのは、現実の世界に存在する物だけだ。姿形がある物だけだ。この打ちひしがれて泥酔して、途方に暮れている哀れな俺の姿、それこそが現実だ。

「もう俺は現実しか信じない」と固く心に誓った。夢や理想や安っぽい表面だけの社会的な繋がりが、一体何の役に立つというんだ。一体何を助けてくれるというんだ。

「あるのは現実だけだ」と俺はもう一度低く小さく呟いた。

やさぐれてひねくれた俺の心の叫びは、しばらくの間続いたが、不思議な事に涙を一回拭う度に、少しずつ心が落ち着きを取り戻していくように感じられた。

そしてだいぶ落ち着きを取り戻し、涙も声も枯れ果てた頃、俺は紹興酒を飲みながら、家族には何て説明しようかと考え始めていた。

俺の家族は、一つ年下の妻恵理子と小学校6年生の隆行という一人息子とチャッピーという名前のトイプードルの家族構成だった。

女房には正直に話そうと会社に居た時から決めていた。隠す必要性が全く感じられなかったからだ。結婚してからというもの、仕事や人間関係の悩みは、いつも女房に相談していた。仕事の複雑な話は、ただ聞いているだけだったのかもしれないが、ただ聞いてもらえるだけでも俺の心は救われた。

上司や後輩との人間関係についての悩みは、いつも俺の味方になって温かく励ましてくれた。「そんな上司、明日ぶんなぐっちゃえ！」と時に冗談を交えながら。

だから、これからどんな仕事に就けるのか、今は想像すら出来なかったが、とにかく精一杯働くから、パートをしてでも俺と一緒に家計を守って欲しいと言うつもりだった。決して無職の期間を、のんびりとダラダラ過ごすつもりなんてないからと。

身体を張ってでも、絶対にお前達の生活だけは守るからと。

息子には何て話すか。大人しくて賢い子ではあったが、年齢的には多感な年頃だ。父親としての威厳を失わずに説明するのはかなり難易度が高い。こいつは厄介な問題だ。

ただひとつ思う事は、泥まみれになってでも、必死に働く父親の背中を見せる事が大切だと思った。たとえそれが格好悪くて、みっともなく、人から笑われるような情けない姿であったとしても。

俺は、仕事をしている男の後ろ姿は、恰好悪いものだと思っている。もし格好いい後ろ姿があるとすれば、それは偽物だ。社会に出て真剣に仕事をしている男の後ろ姿は、決して格好いいものではない。格好いい必要性がない。要はその背中で正々堂々と戦い、どれだけの人を納得させ、どれだけの金が稼げるかという事だと思う。そこを隆行には、しっかりと教えたい。自分の決して格好いいとは言えない背中を見せながら。

紹興酒を飲みながら、泥酔した頭でこれから起こりうる出来事を、必死になって考えていた。

ふと時計を見上げると、午後六時半を回っており、いつの間にか店は、晩飯を求める客で八割近く埋まっていた。おじいさんもババアも必死になって老体に鞭を打って働いていた。

俺もいつまでもこんな所で、泥酔しながらめそめそしている訳にはいかない。早く家族に今日の出来事を説明して、一刻も早く新しい暮らしに備えなければならない。

少しだけ前向きな気持ちを取り戻し、席を立ち会計をしていると、背中を少し曲げながら一生懸命に鉄の中華鍋を煽っているおじいさんの後ろ姿が目に飛び込んで来た。これこそが現実の姿だ。この年齢になっても、隠居生活も許されず必死になって中華鍋を煽る。

俺は会計を済ませると、おじいさんの少し曲がった背中に大きく一礼をして店を出た。

そして、若干足元がおぼつかない足取りで、家族の待つアパートへと急いだ。

アパートの前に着くと、さすがに飲み過ぎたせいか、二階の階段を上るのも一苦労だった。

ドアを開けて玄関に入ると、愛犬のチャッピーがリビングから俺を目掛けて突進して来て、両足を揃えて目の前に座った。本当に可愛い奴だ。チャッピーは俺の事が大好きで、俺もチャッピーの事が大好きだった。

人間とは違い、動物は多少のずる賢さはあるものの、基本的には態度に現れる事に嘘が無いように感じた。だから余計に可愛く感じられるのだろうか。

俺はチャッピーの頭をなでながら靴を脱いでリビングに向かった。

リビングに入ると息子の隆行がソファでゲームをしており、妻の恵理子はキッチンで忙しそうに夕食を作っていた。

俺に気が付くと「あら、お帰りなさい、今日は早かったのね」と言って微笑んだ。そして、俺の赤ら顔を見て「なに、あなた飲んで来たの？　こんな早い時間から。いいご身分だこと」と一言嫌味を言ってまた背中を向けて料理を再開した。

「いいご身分」何処かでも言われたな。何処だっけ？　ああそうだ、さっきの汚い中華料理屋でビールを頼んだ時に、あの汚いババアに言われたんだ。

何処がいいご身分なんだよ。身分制度でいえば、今の俺は一番下だ。士農工商の更に下の「無職」だ。

女はみんな、男が昼間から酒を飲むのが許せない生き物なのだろうか。

しかしながら、大切な話をするには流石に少し酔っぱらい過ぎたと反省をした。

俺は少し仮眠をとる事を決め女房に「少し寝るわ、晩飯はいらないから」と言ってスーツの上着とネクタイをリビングの椅子に掛け、寝室のベッドに倒れ込むように沈み込んだ。精神的な疲れと大量の酒が、俺を直ぐに深い眠りの世界へと導いてくれた。

俺はまるで気を失ったかのように深い眠りに就いた。このまま目が覚めなければいいのにと思いながら。

それから目が覚め、時計を見ると午後十時半を回っていた。まだ少し酒が残っている感じがしたが、帰って来た時から比べるとだいぶマシだった。

俺は妻がいるリビングへと重い気持ちで向かった。リビングに入ると、愛犬のチャッピーが、嬉しそうに俺の足に絡みついてきた。

俺はチャッピーを抱き抱え、息子の隆行の部屋に連れて行った。隆行は机に向かって一生懸命ノートにペンを走らせていた。俺はチャッピーを静かに下ろすと「チャッピー、ちょっとここで待っててな。隆行、チャッピーを頼むな」と言うと隆行は小さく頷き俺は一人部屋を出た。

妻の恵理子は、ソファに座って楽しそうにテレビを見ていた。

俺はテレビのリモコンを手に取り、テレビを消した。恵理子は「ちょっと、何するのよ。今いい所だったのに！」と言ってリモコンを俺から奪い返そうとした。その動きを静止しながら「恵理子、少し重たい話があるんだ」と言いながらリモコンをソファのガラスのテーブルに戻した。「何よ、重たい話って」と言いながら怪訝そうな表情を浮かべた。

「実は今日、会社をクビになった。いわゆるリストラってやつだ」と真剣な表情を浮かべ恵理子を見つめた。恵理子は一瞬何が起こっているのか全く理解出来ず、怪訝そうな表情を浮かべたが、直ぐに「え～!!　何で！」と大きな声で叫んだ。

俺はコロナ電気の販売権喪失に伴う業績悪化の話を、事細かに極力冷静に説明した。

恵理子は両手を顔に当て泣き出してしまった。

その姿を見て俺は改めて事の重大さを認識した。

そして泣き出す事は想定外だった為、どう対応していいか分からなくなり、ただただ狼狽した。

そして少し笑いながら「な～に、心配する事は無いさ。仕事なんか直ぐに見つかるよ。労働条件は今より少し落ちるかもしれないが、定時後は何処かでアルバイトをしてもいいと思っている。だから苦労を掛けるかもしれないが、お前も少しでも働いて一緒にこの家庭を守って欲しい」と両手を顔に当て俯いている恵理子に同意を求めた。

すると恵理子は凄い勢いで顔を上げ「何言ってるのよ!!　あなた馬鹿じゃないの！　このご時世、あなたみたいな無能な高齢者をどこが雇ってくれるのよ！　自分を何様だと思っているの！　四十七歳でろくに出世することも出来なかった、ただの出来の悪い平社員なのよ！　いい加減自分の事を理解してよ！」と激しく罵った。

そして「とにかく、今の会社にしがみつく事が最優先よ。それしかないわ。同期で部長さんになった、あのなんて言ったっけ、そう！　高畑くんにお願いしてみたらどうかしら？　あの人ならきっと何とかしてくれるんじゃない？」と激しい口調で迫ってきた。

俺は、妻の予想外の態度に戸惑いを隠せなかった。

もともと気が強くしっかりした女性だとは思っていたが、窮地に追い込まれるところまで豹変するとは思ってもみなかった。

長年連れ添いながら、今のような態度や口調に遭遇するのは今回が初めての事だった。

俺は感情に流されないように努めて冷静に「誰にお願いしたって無駄だよ。社長決裁の案件だから。それにそんな事してまでしがみつくのは俺の性に合わんよ」と言ってちょっとはにかんだ。

俺のその表情を見て恵理子の口調は一層激しくなった。「そんな事言ってるからあなたはダメなのよ！　そんなこと言ってるからろくに出世も出来なかったのよ！　何が『性に合わない』よ！　何こんな時に、男の美学みたいな事を語っているのよ！そんな事言っている余裕なんかないでしょ！　私や隆行の生活はこれから一体どうなるのよ！　あなたには、責任感ってもんが無いの?!」と更に激しい形相で俺を罵った。

恵理子の激しい罵りに、腹が立つという怒りの感情よりも、驚きの感情の方が勝っていた。だって、たった一人の味方だと信じていたから。

そして「いや、だから一生懸命に働くと言っているじゃないか。分かってくれよ恵理子」と満面に怒りの表情を浮かべる恵理子に必死で理解を求めた。

「何が『一生懸命働く』よ！　あなた、まだ学生のつもり？　きれいごと言わないでよ！　あなたみたいな人が、一生懸命に働いて、一体何が出来ると言うのよ！　いくら稼げるというの！　もういいわ、もう何も聞きたくない！」と言って泣きながら寝室へと走り去っていった。

俺は深いため息を吐き、呆然とソファに暫くの間深く沈みこんだ。

そして立ち上がると、隆行の部屋に入り眠っている愛犬チャッピーを静かに抱きかかえた。

狭いアパートだから、隆行にも今の妻との喧嘩は、内容も含めて全て聞こえていたことだろう。去り際にちらっと隆行を見たが、隆行は何もなかった様に勉強に集中していた。

俺が隆行に見せたかった背中は、今のこの背中なのだろうか。たった一人の仲間と信じていた妻からも罵倒され、焦燥した哀れでみじめなこんなに小さな背中を見せたかったのだろうか。

そう思うとこんな小さな背中しか見せられなかった隆行に対し、申し訳ない気持ちで一杯になった。

チャッピーを抱きかかえながら、部屋を出ようとすると「お父さん、会社辞めちゃうの？」と不意に隆行が尋ねてきた。

俺は隆行に背中を向けたまま「ああ、辞める。でも心配するな隆行。俺は死ぬ気で働くから。今まで以上にもっともっと働くから。お前には、絶対に後ろめたい思いはさせない」と小さく哀れな背中を、精一杯大きく見せようとした。

隆行は「お父さん、ありがとう。でもあまり無理はしないでね」と言ってまた机に向かって静かに勉強を始めた。

この子は、本当に優しい子だ。こんなに哀れで小さな背中しか持ち合わせていないけど、親として精一杯の愛情を、この子に注ぐ事を俺は固く心に誓った。

俺は無言で隆行の部屋を出て、またソファにゆっくりと座り、焦燥しながら恵理子の事を考えていた。

恵理子とは、今の会社で同期入社の間柄だった。新入社員研修のグループディスカッションで初めて知り合った。初めて会った印象は、眉がきりっとしていて、目が大きくエキゾチックな顔立ちで情熱的な感じを受けた。

恵理子は元々リーダーシップが取れる性格で、グループの中でも中心的な存在となり、みんなの意見を上手に引き出し、上手に加工し、そして上手にまとめて報告していた。「この人は結婚したら、さぞかしいいお嫁さんになるだろうな」というのが恵理子に対する俺の第一印象だった。

そして、同期の飲み会で趣味や将来の夢を語り合い、考え方や物の価値感で意気投合して、いつしか自然と付き合うようになっていた。

付き合い始めの頃は、新入社員で給料が少ないうえに、スーツやワイシャツを買い揃えたり、何かとお金が入用だった為、給料日前のデートの時など2人合わせて所持金が千三百円しかない時もあった。その時は、余りのお金の無さに二人で大笑いしながら、マクドナルドで夕食を食べた。あのマクドナルドの味は、今でも心にしっかりと残っている。忘れる事など出来やしない。

二人で居るだけで楽しかった。お金なんか無くたって二人で話が出来れば、それだけで優雅な時を過ごせた。

きれいな場所やおしゃれな店に行かなくても、公園のベンチに腰掛けて一緒に缶コーヒーを飲みながら話しているだけで十分楽しかった。

俺はチャッピーを抱きかかえながら、深く大きな深呼吸をして気持ちを整えた。

まさか一番信頼していた恵理子が、あんな態度に出てくるとは夢にも思っていなかった。

俺はあの頃の自分と本質的には、何も変わっていないと思っている。確かに外観上は、白髪も増えたし、体重も少し増えた。

でも中身はあの頃のままだ。今でも理恵子の事は、世界で一番愛しているし、もちろん妻として信頼もしている。

でも恵理子は、二十年以上の歳月を経て、全く違う生き物に変貌してしまったのか。

平凡な日常生活では、その変貌ぶりが分からなかったが、その平凡な日常が壊れかけた時、徐々に変貌していったものが突然姿を現したのか。

まあ、いずれにしても時間を掛けて説得をするしかない。急な話だったから、恵理子もさぞかし気が動転してしまったのだろう。落ち着いたタイミングを見計らって、もう一度きちんと話し合おう。きっと分かってくれる筈だ。あの変貌した恵理子の姿は、きっと偽物だ。

分かってさえくれれば、またいつもの明るく活気のある恵理子に戻ってくれる筈だ。やや無理やりにそう結論付けると緊張感が途切れ、急に疲れが俺に襲い掛かってきた。

俺はチャッピーを小屋に入れ、寝室に向かった。

ベッドに潜り込むと、横で寝ている恵理子に「恵理子、付き合い始めた時、二人の所持金が千三百円しかなくてマクドナルドで夕食を食べた事覚えているかい？」と話し掛けたが恵理子は何も答えてくれなかった。きっと泣き疲れて寝てしまっているのだろう。

そして俺も、突然襲い掛かってきた睡魔に勝てず、いつの間にか深い深い眠りへと導かれていった。

翌朝、目が覚め、リビングへ向かうといつもと変わらない恵理子が、忙しそうに朝食の準備をしていた。

　昨日喧嘩した手前、恵理子に声は掛けずに俺はそのまま洗面所へと向かった。洗面所へ向かう途中、いつものようにチャッピーが小屋から出て、俺の足にまとわりついて来た。俺はチャッピーの頭を撫でながら「おはよう、チャッピー」といつも通りの挨拶をした。

　洗面所に着くと隆行が顔を洗い終わったところで、タオルで眠そうな顔を拭きながら俺に向かって「おはよう」と朝の挨拶をしてきた。俺も「おはよう」と答え隆行に変わって顔を洗い始めた。

　いつもと全く変わらない朝の光景に、俺は何か激しい違和感を覚えた。だってそうじゃないか。俺は昨日会社から、クビを宣告された。あと何日かすれば、無職となり全く金を稼ぐことが出来なくなる。そんな俺が、今までと変わらない朝の待遇を受けている事が何かしっくりこない。

　顔を洗いリビングの椅子に座ると、いつもと同じように朝食が用意されていた。俺は隆行と一緒に朝食を食べながら、さっきから感じている違和感の原因を考えたが、答えが見つからないまま食事を終え会社へと向かった。

　電車の中で、あの朝の光景は果たして本当に現実なのか？　疑わしい気持ちになっていた。まるで何も変わらないあの朝の光景が、夢の中の出来事のように思えて仕方なかった。

いやもしかしたら、リストラになった事の方が、夢だったのではないかとさえ思えた。

しかし電車を降りると、そんな淡い期待を持っている自分を直ぐに現実に連れ戻し、会社へと急いだ。

会社に到着して席に着くと、昨日よりは周囲の視線を感じる事はなかった。

パソコンを起動させると、恐らく来週から始まるであろう引継ぎに備えて、俺は自分の仕事に集中した。

仕掛かり中の仕事は、今週中にある程度の区切りを付けなければならない。クビを宣告された社員だけど、それとこれとは別だ。あくまでも俺はプロフェッショナルとして、この会社を去りたいと考えていた。

今更、会社に恩義など全く感じていない。むしろ自己満足だけの世界かもしれない。でもたとえそれが「やらされ仕事」だとしても、俺はその「やらされ仕事」をきちんとした形で、後任者に託したかった。

周囲もそんな俺の気持ちを理解してくれたのか、後ろ指など指す事を止め、むしろいつもより献身的に俺の仕事を支えてくれた。

昨日の俺は、恥ずかしさと情けなさで勝手に自爆してしまった。でも今は違う。クビになる事が判っているのに、必死になって仕事をしている俺がおかしければ笑えばいい。もう恥ずかしいなんて言っていられない。違う会社に行ったら、何もわからなくて、もっと恥ずかしい事や辛い事に、遭遇する筈だ。

これからの自分の為にも、背負っていく家族の為にも、この程度の事が恥ずかしいなんて言ってはいられない。

恥ずかしいなんていう気持ちは乗り越えて、今の自分の仕事を完遂させるのだ。そうじゃなければ、次の世界など開けてくる筈がない。

そんな想いだけを原動力に、俺は何かに取りつかれたように、猛烈に仕事をこなしていった。

上川課長からは「新井さん、もう少し早くその勢いで仕事すればよかったのにね～」と軽く嫌味を言われたが、そんな言葉は完全に無視をして、俺は仕事に没頭した。

そしてあっという間に週末を迎え、俺は上川課長に退職を受け入れる事を告げ、来週から二週間の引継ぎを命じられた。

俺の退職日は二週間後の金曜日に決まった。

家に帰ると、チャッピーが嬉しそうに駆け寄ってきて、台所では恵理子が忙しそうに夕食の準備をしていて、隆行がソファに座ってゲームをしていた。いつもと全く変わらない光景だ。

俺は着替えを済ませ、食卓の椅子に座り、缶ビールを開けた。背中を向けて、一生懸命に料理をしている恵理子に向かって「今日、退職を受け入れる事を会社に報告したよ」と話し掛けた。恵理子は一瞬動きを止めこっちを振り返ったが、またすぐに背中を向けて料理を始めた。

俺は冷蔵庫から缶ビールを取り出し、ごくごくと半分位飲み「来週から引き継ぎが始まって、二週間後の金曜日が最終日だ」と言って一本目の缶ビールを一気に飲み干した。「ラスト二週間、精一杯頑張るよ。やれる事は全部やる覚悟だ。そして次の職場でも、この気持ちを忘れずに死ぬ気で頑張る」と言って二本目の缶ビールを開けた。

恵理子は、こっちを振り返って「そう…」と一言小さく呟いた。

この間、大喧嘩した時とはかなり反応が違う。やっぱりあの時は、あまりに突然な事だったので気が動転してしまったのだろう。まあ当然のことといえば当然のことだ。取り乱して、あんな形相で俺に噛みついてしまった事を、少し恥ずかしく思っているのかもしれない。

俺は缶ビールを三本飲んで、軽く食事を取り、ぼんやりテレビを見て午後十一時にベッドに入った。

もの凄く疲れていた。何に疲れているのか、考えるのも嫌になるくらい疲れていた。そりゃそうだ。クビになる人間が、いつも以上の仕事をしているのだから、そのモチベーションを上げるだけでも、大変なパワーが必要になる。今週の土日は、しっかりと体調を整え、ラスト二週間を死ぬ気でやり切るしかない。それがせめてもの、俺の会社に対する復讐だ。俺を辞めさせた事を、後悔させてやりたい。

それが大した意味を持たない小さな復讐だと分かっていても。


そして、二週間の引継ぎを全力で終え、荷物を整理して俺は寂しく会社を去った。クビを宣告されてからというもの、一心不乱で朝から晩までこの場所で仕事に打ち込んできたせいか、これから二度とこの職場に足を踏み入れることがないかと思うと、何か不思議な感覚を覚えた。

同僚たちからは、ささやかな送別会の申し入れを受けたが、とてもそんな気分にはなれず、丁重にお断りをして静かに職場を去った。

エレベーターでビルの一階に着くと、何か必死になって堪えてきた想いが一気に爆発して、涙がこぼれ出してきた。

そしてビルの玄関までたどり着くと、俺の足はピタッと止まってしまった。

何かこのまま玄関を出てしまうと、二度とここに戻ってくることが出来ないように思えた。どっちにしたって、二度と戻る事が出来ないことは十分に分かっていた。

でも悔しいかな足が全く動かなかった。気づけば足が、小刻みにブルブルと震えていた。この玄関を出ることが怖くて仕方なかった。この玄関から出たら全てが終わる。

この会社は、最後は無残にも俺をクビにしたが、二十五年間も無能な俺を温かく守ってくれた。感謝の気持ちなんか、これっぽっちも浮かばなかったが、それだけは真実だ。

二十五年間の会社生活の思い出が、突然次々と浮かんできた。

「やらされ仕事」ばかりしてきたが、楽しかったこと、辛かったこと、悔しかったこと、嬉しかったこと、色々な出来事や色々な人たちの顔が、浮かんでは止まらなくなった。

俺は止まった足を見つめながら、感傷にふける事に必死にあらがった。

もう全て終わった事だ。もう全て過去の事だ。過去に感傷的に浸っている時間など、俺にはない筈だと必死で自分に言い聞かせた。

俺は得体の知れない恐怖と戦いながら意を決して、暖房の効いた暖かいビルの玄関を出た。

冷たい北風が、容赦なく襲い掛かってきた。その冷たい北風を浴びながら、一気に現実の世界へ連れ戻された感じがした。

凍えるような北風を真正面に受けながら、必死になって一歩一歩地面を確かめるように歩き始めた。

〈Good by my love〉

アパートのある駅に着くと、俺は駅前のスーパーに寄り、赤ワインを買って帰ることにした。恵理子は、赤ワインが好きだったからだ。

俺は赤ワインを二人で飲み、仲直りしながらこれから先のことを恵理子と一緒に考えたかった。

会社都合の退職だから、退職金もカットなしで満額支給されるし、失業保険も少し長く出る。贅沢しなければ、しばらくの間は何とかなる筈だ。

その間に少しでも条件の良い会社を探すしかない。「果たして見つかるのだろうか」そんな不安が一瞬頭をよぎったが、今そんな事を考えても何も始まらない。

俺は頭の中を必死にプラス思考へ変えながら、ワインを抱え家路へと急いだ。

そしてアパートに到着すると、重い扉を開いた。

「ただいま」と言いながらいつものように玄関に入ると、何か不思議な感覚を覚えた。

そのまま靴を脱ぎ棄て、リビングに入ると俺は愕然とした。

無いのである。何も無いのである。いつもある筈のものが何も無い。テレビも家具も衣類も何もかもが。俺は慌てて「恵理子！　隆行！　チャッピー！」と大声で何度も叫びながら全ての部屋を駆け回ったが、返事は無かった。あるのは俺の物だけで、恵理子と隆行の物は全て持ち去られていた。

　俺はガランとしたリビングに呆然と立ち尽くした。

　そしてふとリビングの隅にポツンと置いてある何かを見つけた。呆然としながらその傍に行くと、それはチャッピーのエサ入れのアルミ製の銀色の皿だった。そしてその皿の下には恵理子の捺印が押されている離婚届が置かれてあった。

　俺は持っていた赤ワインの瓶を思わず床に落としてしまった。赤ワインの瓶は砕け散り、真っ赤なワインが俺の足元に流れ出した。まるで俺の心から流れ出る流血のように。

　砕け散った赤ワインの瓶を見ながら、俺は冷静さを取り戻した。「一体何処に行ったのか」必死になって考え一つの結論に至った。「実家だ、実家に違いない」と俺は確信した。恵理子の実家は埼玉県にあり、地元ではそこそこ有名な資産家だった。家も大きく、部屋は余るほどある。

　俺は急いで恵理子の実家に電話を掛けた。すると、恵理子の母親が電話に出た。

「ああ、お母さんですか、徹也です。大変なんです、家に帰ったら恵理子と隆行とチャッピーが居なくなっていて。何か心当たりはありませんか？　もしかしたら、そちらにお邪魔しているんじゃないかと思って」と焦りながら早口でまくし立てた。

恵理子の母親は「私は何も知りません。でも徹也さん、あなた失業したんですってね。私たちとしては、そんな方に娘や孫を預けるのはとても不安です」と落ち着いた声で答えた。

間違いない、実家にいる。じゃなければ、娘と孫が蒸発してこんなに冷静でいられる筈がない。「そちらに居るんですよね。会わせてください。恵理子と話をさせてくださいい、お願いします」と電話越しに懇願した。

すると「とにかくここには居りません」と言って電話を切られた。俺はその後、何回も実家に電話をしたが、恵理子の母親は「ここには居ない」の一点張りで俺の願いを撥ね退けた。「お願いです、隆行、チャッピーに会わせてください。お願いします」と泣きながら頼んだ。

すると電話越しにチャッピーの鳴き声が聞こえた。「チャッピー！　チャッピーの声だ！　やっぱりそこに居るじゃないですか！」と思わず叫んだ。

恵理子の母親はすこし焦りながら「とにかくここには居ません。あまりしつこいと、警察へ連絡しますよ」と最後通告をして電話を切られた。

俺は泣き喚きながら、赤いワインの海に倒れ込み、起き上がる事が出来なかった。

それから二週間後の金曜日に俺は離婚届を持って役所に向かい、大切に守っていた全ての物を失った。まるで全てを悪魔に食い散らかされたように。

仕事と家庭。あんなに必死になって守ってきたものが、壊れる時はこんなにも簡単に崩れ落ちる現実を、俺はとても受け入れる事が出来ず、どこか他人事のようにその壊れゆく景色を遠くからぼんやりと眺めていた。

いや、それは自分の精神状態を維持する為の、俺なりの防御策だったのかもしれない。どうしてもこの目の前で起こっている悪魔が躍動するような大惨事を、自分の事として真正面から受け止める事が出来なかった。どうしても。

〈No more lonely only nights〉

恵理子と隆行とチャッピーが出て行った後、俺は一人、都内の下町にあるボロいアパートの1ルームを借りた。

恵理子の実家は大金持ちだったので、俺は貯金だけは全額自分の金として確保する事が出来た。まあ貯金と言っても大した金額では無かったが、敷金、礼金の足しにはなった。

また隆行の養育費についても一切要求が無かった。まあ、隆行との接触を許してくれなかったのだから、当然といえば当然だが。

恵理子の実家側としては、俺からのしけた養育費なんて要らないから、とにかく娘と孫に近づかないでくれといったところか。

俺は恵理子に対して多少の憎しみは抱いていたが、全ては自分の責任である事を理解していた。

そう、元はといえば、俺がリストラなんかならず、あの会社にしがみつく事が出来ていたら、こんなひどい目に遭う事はなかった筈だ。

恵理子は決して俺に高いハードルなど設定していなかった。出世なんか出来なくても許してくれた。それなのに俺はその最低限のハードルさえも超える事が出来なかった。どう考えても俺の責任だ。どうしようもなく情けない気持ちで一杯だった。

ただ俺は一つだけ固く心に誓った事があった。「俺はもう現実しか信用しない。この心の痛みこそが現実だ。この打ちひしがれた惨めな姿こそが現実だ。俺のやって来たことの全ての結果だ」と何度も何度も自分に言い聞かせていた。

アパートの家賃は、四万円だった。風呂付でこの家賃は都内では破格だった。さすがに内装や設備はボロボロだったが、特別なものは何も欲しくなかった。

そんな前向きな気持ちは全く持てず、ただただこの想像を絶する苦しみの中で、もがき苦しむ毎日を過ごしていた。

その苦しみは、過去に経験したレベルとは桁違いなスケール感に感じた。この苦しみの先に何があるのか、全く想像がつかなかった。

肉体の至る所に小さな歪が出来て、それがまるで一つの集合体となって、心に襲い掛かって来るようだった。

その強力な絶望感に勝つことが出来ず、ただ不安に怯えるだけの日々を過ごしていた。自分の心に、しっかりと力を入れていないと、何か巨大な生物に飲み込まれてしまうような気がした。自分の心にしっかりと力を込めて、布団の中に閉じこもる事が最大の防御策だった。

そしてその心の中に、過去の様々な楽しかった思い出が蘇っては消えていく。隆行に会いたい。チャッピーを抱っこしたい。会うことが許されないなら、一瞬だけでいい。せめて別れを告げたい。それさえも許してもらえないのか。俺はそんなに悪い事をしたのか。俺は失業者ではあるが、犯罪者ではない筈だ。

幾ら悩んではみても答えは見つからず、ただただ胸が押し潰されそうな時を、必死に耐えるだけの孤独な日々が続いた。

得体の知れない苦しみに怯えながら、失業保険と僅かながらの貯金を食いつぶし、とりあえず生きているだけの空虚極まりない生活がしばらくの間続いた。

そしてあの惨劇から半年が経過したある朝、俺は働く事を遂に決断した。

貯金が尽きてきた事もあるが、このまま現実から逃げ続ける事は出来ないと判断したからだ。それが現実だから。

このまま、ただ得体の知れない不安に怯えて過ごしていたら、俺はいつか餓死して死んでしまうだろう。それが現実だ。それが嫌だったら、現実を変えるしかない。現実を変える事は、自分の行動でしか変えられない。

もちろんこの苦悩は、少しも和らぐことはなかった。むしろ日に日に苦しみは増していくようにさえ思えた。

だから、決して前向きな気持ちになった訳ではない。

でもこのまま辛い辛いと嘆きながら寝ていれば、いつか誰かが助けに来てくれるのか。誰かがお金を持って、俺の部屋を尋ねて来てくれるとでもいうのか。来る筈がない。あり得ない。あり得ないことを期待して待つこと程、馬鹿げた事はない。

俺は現実だけを信じる事に決めた筈だ。

この苦しみや悲しみが癒える事は、一生ないのかもしれない。でも俺は現実を直視する事を決めた。現実と真剣に向き合い、現実と語り合い、この現実を変える事を選択した。だとするのであれば、布団の中で苦悩している時間などない。

俺はシャワーを浴び、身なりを整え近所の職安へと一心不乱に走った。

もう感傷に浸っている時間など、一分一秒も残されていないように思えてならなかった。

〈Happening〉

俺は現実を変えるために、毎日必死に職安へ通い続けた。

だがそこでまた厳しい社会の現実に直面した。

最初は、給与面や福利厚生面を重視して会社選択にあたったが、俺みたいな四十七歳にそんな選択の余地など与えられていない事が直ぐに分かった。

所謂、ホワイトカラーで、それなりの規模の会社の求人は、この年齢ではほぼ皆無に等しかった。多くは三十五歳位までで、あっても四十代前半位まで。

それでも、吹き荒れる逆境の中、根性で何とか三社の面接を受けるところまでこぎつける事が出来た。だが奮闘努力の甲斐もなく、三社とも俺の事が嫌いだったのか、俺の年齢が嫌いだったのか分からないが、一週間後に三社から不採用の悲しいお知らせが手元に届いた。

それでも諦めずに、その後も採用試験を受けまくったが、ことごとく落ちまくった。世の中は、無機質に「やらされ仕事」だけで二十五年を過ごして来たおっさんには、全くといっていい程興味を示さなかった。

「なんて世間はおっさんに厳しいんだ」と嘆いてみても何も始まらず、無情にも一日一日が虚しく過ぎ去っていくだけだった。それが新たに直面した現実だった。

現実を変えたいと思って力を振り絞って立ち上がったはいいが、またそこに社会という名の現実が俺の前に立ちはだかった。

そしてついに俺は正社員での就職を諦め、不本意ながらもアルバイトの道を選択するという苦渋の決断をした。それが社会の現実であり、その現実を受け入れるしか生きる道はなかった。

とりあえず生きていくためには、どんな形でもいいから収入が必要だった。

それにバイトをしながらでも、就職試験を受けることは可能だと判断した。

一旦、就職を諦めバイトの世界に飛び込むことを心に決めたそんな灼熱の夏の朝に、その事件は突然俺に襲い掛かってきたのである。

その日俺はいつものように、午前八時に起床して九時に到着するように職安へと向かった。夏の強い日差しが、暑苦しく俺の首元にベットリとまとわりついてきた。

職安に到着すると、いつものいけ好かない職員のおやじにバイト先を三件紹介された。

「だから言ったじゃないですか。四十代後半のおっさんが就職出来る会社なんかこのご時世ありませんって。最初からバイトを探せば無駄な時間と金を費やさずに済んだのに。まあ今時は、バイトも海外の若い子の方がいいってとこが多いから、おっさんが受かる保証は何もないですけどね」とシニカルな笑みを浮かべながら、「キキキ！」とヒステリックに笑った。

その気味の悪い笑顔を見て、俺は一瞬軽い殺意を覚えたが、三通の紹介状を握り潰すように摑み取り、素早く席を立ち職安を後にした。

とにかく今は金が無い。こんなところでおっさんに腹を立てている時間など、俺にはたった一秒も残されていない。貯金はとっくに底をつき、頼みの失業保険も先月でストップしている。大好きな酒も先月から一滴も飲んでいない。酒どころか、昨日は食事さえもろくに食ってない。

非常にまずい事態だ。一刻も早くバイトを探さないとアパートを追い出されホームレス状態になってしまう。ホームレスだけはまずい。そこだけは絶対に避けなければならない。

そんな不安と焦りが入り混じった気持ちで、いつも通る帰り道の狭い路地を、横切ろうとした瞬間にその事件は突然起きた。

後ろから来た白い軽ワゴン車が、俺を追い越し突然左折してきたのである。俺に気付き、急ブレーキを踏んだが間に合わず、車のサイドミラーが俺の肩を直撃し、俺は勢い余って転倒し道路の縁石に頭を強く打ち倒れこんでしまった。

あまりにも突然な出来事だったので気が動転しながらも、頭と腕に鈍い痛みを感じた。「あ痛たたた…」と頭を押さえ横たわっていると、二十五歳位の若い女性が、「大丈夫ですか!!」と血相を変えて俺の方に走り寄ってきた。「すみません、すみません、私のせいで。救急車を呼びますか！」と彼女は泣きながら叫んでいた。

俺は頭が痛くて少しの間起き上がれなかったが、だんだん落ち着きを取り戻し、何とか自分の力で立ち上がり全身をチェックした。手の甲を擦りむき、出血をしていたが、それ以外は骨にも異常がある感じはなく、筋肉痛レベルの痛みだけが残っていた。

その横で彼女は、「大丈夫ですか！」を泣きながら繰り返し叫んでいた。

俺はもう完全に冷静さを取り戻し、「まあ、何とか…」と答え彼女を見た。どう見ても普通のＯＬさんで、恐らく通勤の途中だったのだろう。

彼女は「本当にすみませんでした」と言いながら、財布からお金を取り出し俺に三万円を差し出した。「手を擦りむいていらっしゃるし、服も汚してしまいました。これで許して頂けないでしょうか」と言って何回も頭を下げた。

俺は一瞬何のことかよく分からず、ぽかんとした間抜けな表情を浮かべたが、ようやく事を理解し「いや、いいよ、いいよ、擦りむいただけだから…」と言ったが、彼女はそれでは気が済まないと言って、無理やり俺に三万円を押し付け、深々と頭を下げて、その場を立ち去った。

しかしながら、この三万円が後々俺を救う事となる。何しろ俺の財布には、二千円しか入っていなかったのだ。そしてこの後、面接に行ったバイト先の交通費は、往復二千三百円掛った。あの三万円がなければ、俺はバイトの面接を受けることさえも許されなかった。

身体の痛みはしばらく引かなかったが、不幸中の幸いとはまさにこの事だと感じた。

〈Ｈａｒｄ ｗｏｒｋｉｎｇ！〉

その後、俺は交通警備員のバイトを始める事になった。

面接の時、最初の一ヵ月は日給でバイト代をもらえるように懇願し、何とか了承を取り付けた。

日給は九千円。もちろん賃金に納得はしていなかったが、今の俺にはそんな贅沢を言っていられる余裕などなかった。

働きたければ、朝、警備会社に連絡し空きが有れば現場に直行、空きが無ければ事務所の待合室で待機して空きを待つ。

運良く俺は、一週間連続で現場に入る事ができた。そしてその金で何とか今月のアパート代と、僅かながらの食費を確保することに成功した。

うれしいやら虚しいやらで、とても複雑な心境ではあったが、もしかしたらここから新しい人生を、立て直せるのではないかという淡い期待も少し抱いていた。

だが、交通警備員の仕事というものは、実際に働いてみると予想以上に退屈極まりない仕事だった。それが現実だった。

行う動作は三種類。ＧＯ、ＳＴＯＰ、注意しろ。それでもこのアクションが出来る時はまだ良かったが、車が来ない時などは、全く何もすることが無かった。

最初の内は、楽でいいなと安易に考えていたが、人間退屈な時間と長時間向き合った時、こんなにも辛い苦しみが待っていようとは夢にも思っていなかった。

サラリーマン時代は、確かにつまらない「やらされ仕事」ばかりだったが、少なくとも何かをやっていた。軽くストレスが溜まるくらい何かをやっていた。でも今は違う。ただ立っているだけ。

まるで余命いくばくもない老人が、縁側で日向ぼっこをして神の使いを待っているかのようだ。

いやそれよりもひどい。俺は座ることさえも許されず、立ち続けることを命じられている。しかも、この真夏の炎天下に。長く辛い時間が果てしなく続いた。

心の苦悩は、全く癒されていなかったが、仕事中は、幸いにもそんな感傷的な気持ちに浸る事さえ許されなかった。

ただそうやって、外の世界に触れる事により、少しずつではあるが、心が強くなって行くのが感じられた。

仕事の職場環境は最悪だし、仕事は苦痛極まりなかったが、仕事をする事で少し気が紛れていた。

自分が望む形ではなかったが、社会に身を置くことにより、少しずつ現実の世界へ戻っていくような感覚を覚えていた。

ただ仕事は精神的にも肉体的にもきつかった。特に退屈という精神的な苦痛がとてつもなく辛かった。

だから仕事中、俺はなるべく何かを考えるように努めた。そうじゃないと頭がおかしくなりそうになった。

「なんで巨人は、あんなにお金を使って他球団からいい選手を補強しているのに、こんなに弱いんだろう？　生え抜きでまともに育っているのは、坂本くらいだよな。あ、最近じゃ岡本も頑張っているけど」

「なんでAKB48は48なんだろう？　50の方がキリがいいのに」

「48人全員に告白したら、一人くらいOKが出るかな？　でも全員に断られたらショックだから止めといたほうがいいかな？」と全くどうでも良い事を、ひたすら考え続けたが、何一つとして答えが見つかる事は無かった。

ただただ時間だけが、ゆっくりゆっくりと過ぎていくだけで、精神的な苦痛は一向に和らぐことはなかった。

だんだんネタも尽きてきて、「なんで鳥はあんな大したことない羽根で自由に大空を羽ばたけるのだろう？」

「なんで魚は水の中で生活できるのだろう？」

「カメの甲羅は、あいつにとって皮膚なのか骨なのか？　人間で言うと爪みたいなものかな？」といったまるで子供電話相談室レベルの内容にまで想像は急速に劣化していった。

そしてついに、一番恐れていた疑問にたどり着いてしまった。

「なんで俺は、この炎天下にこんな分厚い作業着を着て外に突っ立っているのだろう？」

今まで何も答えが出なかったが、この疑問に対する答えだけはすぐに浮かんだ。

俺が炎天下に外で突っ立っているのは金がないからだ。そして社会が、俺をクーラーの効いた室内で働く事を許してくれなかったからだ。

社会が俺の希望に応えてくれない、社会が俺を求めてくれない、社会が俺の存在を認めてくれない、社会が…社会が…

この答えにたどり着いてからは、何かを考えて時間を潰すのを止めた。全てを社会のせいにしたって何の答えも出ない。

そして世の中の全ての事に完全な正しい答えなど存在しない。あるのは現実だけだ。現実からは、どうやったって逃げられない。

明日が来なければいいのにと思ったって、明日は必ずやって来る。「おはようございます！」と牛乳を飲みながら。それが現実だ。


〈Ｄｉｓｃｏｖｅｒｙ〉


それから俺は、仕事中に何かを考えることを止め、なるべく周りの出来事や景色に気持ちを集中させた。

工事現場は、国道の大通りの裏道が多く、都内の裏道は細く入り組んだ道が多かった。それに加え、看板やら建物が多く建ち並び見通しの悪い十字路がたくさんあった。

その日も誘導灯を持ちながら、ぼーっと少し先の交差点を眺めていた。

するとー台の車が、交差点を通過しようとした時、左からふっと一人のおじいさんの姿が現れた。車は慌てて急ブレーキを踏み、間一髪おじいさんを避けて通過した。おじいさんは、びっくりして体勢を崩しそうになったが、何とかこらえた。

ここまで間一髪ではないにしても、午前中だけで俺が見ているだけで三回、車が大きく蛇行して通行人を避ける場面を目撃した。

俺は昼休みに、その交差点に行き十字路の真ん中に立ち周辺を見渡した。

信号機もない小さな交差点で、確かにどの方向からも見通しが悪かった。特にこの道を直進する車からは、十字路の左側は歯医者のでっかい看板のせいで、人がいたとしてもほとんど目につかない。

また十字路の左側からも、歯医者の看板と高いブロック塀のせいで、右から来る車はほとんど見えない。

そしてその道は細く、車がなんとか二台通れるくらいの道幅しかなかった。しかも、朝の時間帯は、国道の裏道となる為、非常に交通量が多い。

「これはいつ事故が起こってもおかしくないな。いやむしろ起こらない方が不思議だ」と俺は小さく呟いた。

あの歯医者の看板を後一メートル上に上げるだけで、だいぶ見通しが違うのに。行政は一体どこを見ているのだろう。まあ、政治家や役人といった類の人間は、みんなそうだ。国民、市民にアピール出来る目立つ所にしか手を付けようとしない。最小限の仕事で最大限のアピールをする事しか考えていない。

どうせ渋滞が激しい大通りの対策で手一杯なのだろう。こんな裏道の交差点なんてどうだっていいんだ。たとえ老人が車にひかれて痛い思いをしたって。

俺は無言でその交差点を後にした。少し歩き出し交差点を振り返りつぶやいた。

「この交差点は、まるでどこかの中年のおっさんのようだな」

どうなったっていいのさ…きっと誰も気にしない。

〈My perfect match〉

それから俺は、交通警備員の仕事を結局三年間続けた。それは辛い三年間だった。

冬の寒さは、衣類を着込めばなんとか回避出来たが、真夏の暑さだけはどうすることも出来ない。

二十五年間、一流電機メーカーの空調設備に守られてきた身体には、この暑さは想像を絶する苦しみとなって襲い掛かってきた。

真夏は四十度を超える日も決して珍しくなかった。体温を超える暑さに身を置く辛さは言葉ではとても表現出来ない。もうなんていうか、風が肌に刺さって痛い感じ。呼吸が息苦しくなる感じ。汗は一向に止まらず、意識は朦朧としてくる。

その日はまさにそんな日だった。

その工事現場は、偶然にも恵理子と隆行とチャッピーで幸せに暮らしていたアパートの近くだった。

最初の内は、あの幸せだった頃が思い出され、今頃家族は何をしているのかを考えたりもした。

するとあの時の忘れられない悲しい気持ちが、再び鮮明に蘇ってきた。

三年経ち、かなり心の苦悩は薄らいでいた。

いや薄らいでいたというより、思い出さないようにするコツを覚えた感じか。

とにかくあんな悲惨な悲しみは、一生忘れる事など出来ないだろう。

幸せだった時間をあんなに長く過ごしたのに、幸せだった時間より家族が去って行った一瞬の悲しみの方が心に強く刻まれていた。

だから俺は、あの時の事を思い出すのを意図的に遮断した。

猛烈な暑さのせいで、意識がどんどん薄くなって行き、意図的に遮断するまでもなく、悲しい思い出に浸る事さえも、許されない状況になってきた。

もう立っているだけで精一杯だった。

自分のエネルギーは、もう既に内臓を動かす事だけにしか残っていない様に感じた。もう限界だ。「今日は午前中で早退させてもらおう」と考えていたその時に事件は起こった。

俺が警備している2つ先の交差点で男性が車に接触して倒れ込んだのだ。運転手の女性が慌てて車から飛び出し男性を救護している姿が、霞む景色の先に何となく確認出来た。

とっさに、助けに行かなくてはという義務感だけで、俺は2つ先の交差点まで走った。事故現場に到着すると俺は呼吸が大きく乱れ、ふらふらになりながら「だだだ…大丈夫ですか？」と朦朧とする意識の中で必死になって叫んだ。

お前こそ大丈夫かと言われそうな状況だったが、俺は女性と2人で必死になって被害者の男性を、道路の端まで運んだ。

最後の力を使い切り、俺も被害者の男性の横に大量の汗を吹き出しながら、情けなく座り込んでしまった。

ぱっと見ただけではもう既に、どっちが被害者か判らない位に強烈に衰弱していた。

俺は大きく呼吸を乱し、思わず肩を落としだらしなく座り込んだ。汗は一向に止まる気配がない。

そんな状態など一切お構いなしに、真夏の力強い日差しは、容赦なく俺に襲い掛かってきた。めまいと頭痛が新たに襲ってきた。

そんな朦朧とする意識の中、車を運転していた女性が、俺の横に座っている被害者の男性と、何か話しながら財布からお金を取り出す姿がぼんやりと確認出来た。女性は、被害者の男性にお金を渡すとさっさと車に乗り込み、その場を立ち去った。

とその時、被害者の男性は、「なんだ、たったの一万円かよ、まったくシケてやがるな」と呟きながら勢いよくすくっと立ち上がった。

俺はその被害者の男性を見上げ、一瞬何が起こっているのかよく理解が出来ず、ぽかんと間抜けな表情を浮かべた。

するとその被害者の男性は、俺を見下ろしながら「なに間抜けな顔してんだよ。でもまあ、お前も協力者だからバイト代を払わねえとな！　よし！　じゃ～今からこの金で飲みに行くか！」と更に元気よく大きな声で俺を誘った。

俺は次第に冷静さを取り戻しつつあったが、どうしても理解出来ない事がひとつだけあった。なぜこの人は、急に元気になったのだろう？　さっきまであんなに頭を押さえて、もがき苦しんでいたのに…今にも死にそうな表情を浮かながら…なぜ…どうして…と朦朧とした意識の中で必死に考えたが、答えは出てこなかった。

俺は改めてまじまじとその男性の顔を眺めた。年齢は五十代後半位か。風貌としてはやせ型の長身で、人を威嚇するようなギョロっとした大きな目が特徴的だった。

そのギョロっとした大きな目で俺を睨んでこう続けた。「でどうすんだよ、行くのか行いかね～のか！　はっきりしろよ！」俺は薄れゆく意識の中で、必死にこう答えた。「いや行きたいんですけど、ねねね熱中症になっちゃっちゃみたいで、立ち上がれないんですよね」

するとその男は「しょ～がね～な、ほら！」と言って俺の腕を引っ張り上げて身体を起こした。が俺がフラフラな状態だと判ると、また「しょ～がね～な」と言って今度は肩を貸してくれた。

俺はその男に肩を抱きかかえられ、半分引きずられるようにして、近くの屋根付き駐車場の日陰まで運ばれた。

「ちょっと待ってな」と男は言い残しその場を立ち去り、しばらくするとペットボトルの水を3本持って戻ってきた。「ほら、これでも飲めよ」と言って俺にペットボトルの水を差し出した。1本目は夢中でガブガブ飲み干し、残りの2本は頭と首にかけまくった。

そして、しばらくすると生き返ったように意識が蘇ってきた。

俺はバイト先の警備会社に、今日は午前中で切り上げさせてくれと伝えた。すると警備会社側も今日の熱さは、尋常じゃなく工事作業員も根を上げているので、逆にこっちから午後は切り上げるように連絡するところだったと言われた。

俺は近くの公園で着替え、その男と一緒に近くの古い小さな中華料理店に入った。

この中華料理店は、偶然にも俺がサラリーマン時代にリストラを宣告され、おじいさんに日本酒をご馳走になったあの店だった。

男は店に入りテーブルに座ると「おか～さん、生ビール二つ大至急！」と叫んだ。

三年前、俺に日本酒をおごってくれたおじいさんは、あの時と変わらず少し背中を丸め、お玉で中華鍋をカンカン鳴らしながら、炒め物を煽っていた。ご健在な事が俺は無性に嬉しかった。

生ビールが到着すると、乾杯をすると二人とも一気に飲み干した。まるで乾いたタオルを水に浸したようにビールが身体の中に沁み込んできた。

サラリーマン時代、マラソン好きの同僚がいて、本当はマラソンがそんなに好きじゃないのだが、そのあとに飲むビールがうまいから走っていると聞いたことを急に思い出した。その時は、言っている意味がいまいち理解出来なかったが、今は完璧に理解出来る。これはもう危険なうまさだ。やばい止まらない。時間の神クロノスでさえ、この至福の時を止める事は決して出来ないだろう。

二人は一杯目の生ビールを無心で飲み干すと、すかさず二杯目の生ビールと餃子をオーダーした。

そして二杯目の生ビールを半分程飲み干したところで「く〜〜たまんね〜〜！」と
その男は大きなギョロっとした目を半分閉じて、悶絶するような表情を浮かべ、初め
て声を出して話し掛けてきた。

「そういや〜自己紹介がまだだったな、俺の名前は俊夫、まあ俊さんとでも呼んでく
れや。であんたは？」と二杯目のビールジョッキを愛おしそうに見つめながら尋ねて
きた。

「私は新井健司と申します」と俺はやや緊張気味に会釈をしながら返答をした。

するとその男は、「なんだよ、ずいぶんと固い挨拶だな、サラリーマンかよお前
は！」と大笑いしながらビールジョッキをテーブルに勢いよく置いた。

それから俺は三年前まで本当にサラリーマンをやっていた事、リストラで仕事と家
庭の両方を失った事、必死に就職試験を受けまくった事、そして落ちまくった事など
を、包み隠さず俊夫という男に話した。

酒が浸み込むのが早かったせいか、酔いが回るのもいつもより少し早く感じられた。

「いや〜でも聞いてくださいよ！　まあ、こう見えてもかなり立ち直りましたけどね、
女房、子供と愛犬が出てっちゃって一人っきりになった時は、そりゃ〜も〜辛くて辛
くて。まったくよくここまで立ち直ったものだと自分を褒めてやりたいですよ！」と
少し酔いながら話した。

「そりゃそうだろうよ。俺は幸いにも家庭なんてもんは持った事ないけどよ。急に居なくなっちゃうのは駄目だよな。やっぱり、相手がどんな奴だろうと、一言くらい挨拶しなきゃな。それが人の道理ってもんだ」と言いながら餃子をつまんだ。

「そうですよね！　それが人としての道理ですよね！　いいですよ、人間はどうせその程度の生き物なんでしょう。でもね、愛犬のチャッピーだけは、最後に別れを言いたかったです」と少し俯いて話した。

俊さんは「そうだよな、俺も子供の時に犬を飼っていたんだが、あいつら素直だよな。そして絶対に信じた人は裏切らない。そういう意味じゃ、人間よりよっぽど信頼出来るし可愛いよな」と少し慰めるような口調で話した。

「息子には、母親が止めたってそれを振り切って、別れの挨拶をしに来てほしかった。まあ、まだ子供だから難しかったのかもしれないけど。あいつが成長して、またいつの日か会える日を楽しみにしていましたが、もうそれも止めました。私は現実しか見ない事に決めたんです。来る保証もない楽しい未来なんて信じません」と今の本当の気持ちを伝えた。

アルコールの後押しもあり、俺たち二人は真実の気持ちを語り合い、その距離感は急速に縮まっていった。

俺たちの間には利害関係などという、しょうもないものは一切存在しなかったから、真実以外の事を話す必要性が全くなかった。

思えばこんなに心を打ち開けて、誰かと酒を飲むのは何年ぶりだろう。楽しい。とにかく楽しくて仕方がない。俺はそんな気持ちで一杯になっていた。

そんな状況は俊さんも同じだったのか、二人の話は途切れることなく続いた。

そしてパッと時計を見ると午後三時を回っていた。店に入ってからもう2時間近くが経過していた。三杯目の生ビールもあと少しで無くなるところだった。

俺たちは更に生ビールと肉野菜炒めをオーダーした。

そして四杯目の生ビールに口を付けた時、俺はある気になっていた事を思い出し、俺と同じように気持ち良さそうに酔っている俊さんに尋ねた。

「俊さん、俺ずっと気になっていた事があるんですけど…」と言って持っていたビールジョッキを静かにテーブルに置いた。

「あの時、少し遠くから見ていましたけど、俊さん間違いなく、車に轢かれましたよね。なのに何で今こんなに、そう、なんなら普通の人より元気でいられるんですか？持って生まれた物凄い回復力とか、なんか凄く効く特効薬でも持っているんですか？黒トカゲの乾燥したのを煎じたやつとか」とあの時、熱中症で薄れゆく意識の中、ずっと疑問に思っていた事を思い切って尋ねてみた。

するとと俊さんは「あ～あれな。轢かれてなんかいね～よ」と言って三杯目の生ビールを飲み干した。

　俺はキョトンとしながらも強く反論した。「そんなはずないですよ、だってあんなに派手にぶっ転んで、あんなに痛い痛いって頭を押さえて悶絶していたじゃないですか！　あれで轢かれてないなんて意味が分からない！」と言って四杯目の生ビールをグッと飲んだ。

　すると俊さんはビールジョッキを重そうに持ち上げながらこう言った。「あれは演技だ」とその時、餃子と肉野菜炒めを店のババアが運んできて嫌味な表情を浮かべながら「まったく、あんた達、昼間っからよく飲むね～身体壊さないでよ。まあ、あんた達が身体壊そうが、うちは飲んでもらった方が大歓迎なんだけどさ」とシワシワの顔を歪めながら、相変わらず嫌味っぽく話し掛けてきた。

　俺は「うるせぇ、ババア」と小さく毒づきながら、ババアを無視して俊さんへの反論を続けた。

「演技って…いった何のために…」と話しかけてハッと思い出した。かなり意識が朦朧としていたが、あの時俊さんは運転手の女性と何か話してお金をもらっていた。そうだ、そもそもそのお金で飲みに行こうという話になったんだ。

　と同時に、俺は三年前、職安の帰りに車と接触して、三万円もらった事を思い出した。

「と、という事は…」と俺は泡が少し減りかけた四杯目の生ビールを一口ごくっと飲み「俊さん、あんた…もしかして…」と俺はわずかな震えと高ぶる興奮を必死に抑えた。

すると俊さんは残りのビールを一気に飲み干し「そうだ、俺はあたり屋さ」と言って空のジョッキをテーブルの上に置いてニヤリと笑った。

その空のビールジョッキを見て、店のババアがジョッキを下げにテーブルの横に来たが、俊さんは空のジョッキをギュッと握りしめたまま決してそのジョッキを離すことはなかった。

ババアは、ちょっとの間、間抜けな表情で横に突っ立っていたが、諦めたのかぶつぶつ言いながら厨房の奥に消えて行った。


その後、俺たちの空気感が少し変わった事もあり、場所を変えて飲み直す事にした。中華料理店を出る時、おじいさんの姿を探した。おじいさんはカウンターに座り、こっちに背中を向けてテレビを見ながらタバコをふかして休憩していた。俺はおじいさんの背中に大きく一礼して店を出た。

次の店は駅前の大手チェーンの居酒屋に行く事に決めた。

居酒屋までの約五分間の移動中、俺たちは会話を交わすことはなかった。

今まであんなに盛り上がっていたのが、まるで嘘のようだった。俊さんもやや俯いたまま、一言も発することはなかった。

俺たちは話をしたくないというよりは、この僅かな移動時間では、今の高ぶる気持ちを、お互いうまく伝えることが出来ないと察していた。

居酒屋に到着すると、4合瓶の焼酎ボトルと水割りセットと山盛りポテトをオーダーし、おっさんの熱い飲み会は再開された。

俊さんがあたり屋だったという衝撃的な事実を知り、正直俺は動揺を隠すことが出来なかった。

俊さんもそれを察したのか、わざと大げさに話を始めた。「俺があたり屋だって知って、びっくらこいたか！　ざまーみろ！」といたずらっぽく笑った。

俺はその笑顔に少しほっとしながら「いや～びっくりしたというより、この時代にそんなことを、まだやっている人が存在する事が何か不思議で。なんて言うか、絶滅したはずの小動物を見た感じがして…」としどろもどろになりながらも、少しでも自分の気持ちを正直に表現しようと努とめた。

何か少しでも馬鹿にしたような雰囲気に取られると、何をされるか分からないような危険な雰囲気を少し感じていたからだ。

何しろこの人は、最高に面白いけど今日初めて会った人だから。そしてあたり屋という事は、正真正銘の詐欺師だ。堅気の人では決してない。

すると俊さんは、俺の不安感を少しでも払拭するかのように、わざとらしくテンションを上げ「それだ！　そこなんだよな～まさかこの時代に真剣にそんなことしている人が存在している訳がないとみんな思う。そう！　まさにそこがビジネスチャンスなんだ！　隙間ビジネスなんだ！」と熱く叫んだ。

とその時、店員が揚げたてアツアツのポテトを運んできた。

俺はアツアツポテトにも負けない俊さんの妙な熱に一瞬だじろいだが、そこは冷静に切り返した。

「俊さん、あたり屋はビジネスじゃないから…」すると俊さんは、また元のテンションに戻り「まあね」と少し恥ずかしそうに一言つぶやきながら話を続けた。

「まあ確かに世間一般ではビジネスとは呼ばね～な。ただ世間がビジネスと呼ぶか詐欺と呼ぶかなんて事は、俺にとってはどうでもいい。イメージや印象に一体何の意味がある。形がないものに怯え、それに振り回される人生ほど無意味な生き方はないと俺は思う。きれいな金を少し稼ぐか、汚れた金をたくさん稼ぐか？　俺は汚れた金をたくさん稼ぐ。そして俺はこの汚れた金で立派に生計を立てている。立派？　ちょっと違うか。『なんとか』かな?」と抽象的でかなり自分勝手な理論を強気に押し込んできた。

俺はこの自己中心的な強気な理論に、不思議と共感が出来た。

「俊さん、かっこいいっすね。何か俺、そうゆう潔さは嫌いじゃないですね。まあ矛盾点は幾つかあるけど」と話しながらアツアツのポテトフライを一口つまんだ。

　俊さんは少し嬉しそうに「そうかなあ、まあ昔から俺って以外にポリシーはしっかりしてんだよな」と少し照れながら話した。

　俺は「確かにサラリーマン時代は、人からどう見られているか？　とか仲間外れにされたくないだとか、そんなことばっかり気にしながら生きていたなぁ。あと妬みとか嫉妬とかいった姿形のないものに怯えていたような気がする」と遠くを見ながらぼんやり呟いた。

　俊さんも俺の思いに共感するように「俺も小さい建設会社でサラリーマンをやっていた時があったけど、妬みや嫉妬が社内にメチャクチャ渦巻いていたよ。だけどそいつらは、影も形も存在しない。妬みさんとか嫉妬君とか言って俺の隣の机に座っていたら別だけどな。そんな奴らは物体としては実在しない。という事は、それは妄想や幻想に過ぎないって事よ」と焼酎水割りをうまそうに飲み干した。

「そうだ、あるのは現実だけだ」と俺は低く呟いた。

　俊さんの焼酎グラスに焼酎を注ぎながら大いに俊さんの意見に賛同した。

「あと、部下とか後輩の若い奴ら。アイツらちょっと辛い事にぶつかるとすぐ鬱だの、何とか症候群だとかの安っぽい診断書を持ってきては会社に来なくなっちゃう。あれも影も形もない幻想に勝手に怯え自分から潰れているだけですよね。まさに自爆だ」

と言って水割りグラスのマドラーを、少しイライラした表情でくるくる回した。そしてマドラーを回しながら話を続けた。「目の前に虎や熊みたいな猛獣がいたら、それは確かに怖い。でも俺は影も形もない幻想に怯えていただけだった。さっき俊さんが言っていたように、あるのは現実だけなのに。明日が来なけりゃいいと思ったって明日は必ずやって来る。おはようございます！と牛乳を飲みながら」と言って焼酎グラスを俊さんへ差し出した。

俊さんは少し戸惑いながらグラスを受け取ると「牛乳飲みながらやって来るかは知らねえが、お前さんの言っている事はなんとなく理解出来るぜ」と言って焼酎グラスをゆっくりと口に運んだ。

そしてちょっと間を置いて「どうだ、やってみねーか⁇」と俺の目をギョロっとした目で睨みつけるようにして静かにつぶやいた。

俺は俊さんの異様な目つきに少し戸惑いながら、「何を⁇」と冷静に尋ねた。

「決まってんだろ、あたり屋だよ」と俊さんは、酒が回ってきたのか少し赤い顔をして小声で小さく囁いた。

「俺があたり屋…」一瞬真剣にイメージしたが、直ぐにはイメージが浮かばなかった。

「無理だよ俊さん、俺があたり屋なんて。第一やり方が全く分からない、あ〜だめだイメージが全然湧かない」と少し緊張しながら焼酎水割りをごくりと一口飲んだ。

俊さんは俺のその姿を見て「まあそりゃそーだよな！　あたり屋なんてもんが、この世に実在することだけでびっくりだもんなぁ！　それを自分がやるだなんてなぁ！」と若干ろれつが怪しい感じで大笑いした。

「まぁ今言った事は忘れてくれや。あたり屋なんて決して歩合のいい仕事じゃね～から。だけど、あたり屋ってやつはな、一回やると抜けられなくなっちまう。何か魔力みて～なもんがあんだよな～これが」とかなり怪しくなってきたろれつで話し続けた。

俺はあたり屋の歩合とか魔力とかツッコミを入れたい所は満載だったが、俊さんのろれつがあまりにも酷くなってきていたので、その気持ちをグッと抑え、本日の飲み会に終止符を打つことを決めた。

この続きは次回必ずしようと約束して、その日俺たちは互いの連絡先を交換して別れた。

俺は十一時頃にアパートに辿り着き、すぐに布団に入り今日の出来事をぼんやりと思い浮かべた。

まあ、色んな事があったけど今日は久しぶりに楽しかった。こんなに楽しい飲み会は何年振りだろうか。

それにしても、俊さんが、あたり屋やっているのには正直びっくりした。そもそも今時あたり屋って。しかも俺にあたり屋やってみないかって。あたり屋なんて全く想像もつかない。

とその時、ふと俺は3年前に車に轢かれて三万円もらった事件を思い出した。

あんな感じかな？　いや違う。あれは正真正銘の交通事故だ。決して自分からあたりに行った訳じゃない。

それにしても、俊さんが言っていたあたり屋の歩合とか魔力って何だろう。

そんな事をとめどなくぼんやり考えていたら、酒の力も手伝って俺はいつの間にか深い眠りの中に入って行った。


〈Debut!〉


俊さんと飲んだ翌日、俺は交通警備員のバイトを休むことにした。

ここ一ヶ月位は運よく仕事にも恵まれ、むしろほとんど休み無しで働いていた為、休むことによる金銭的な影響はほとんど無かった。

それに、今日も昨日に負けないくらいの猛暑になる予定だ。冗談じゃない。こんな猛暑に外で八時間も突っ立っているなんて絶対出来ない。また昨日みたいに熱中症で倒れるのが関の山だ。

そもそも良く俺は三年間もこんな仕事を続けてきたものだ。自分で自分を褒めてやりたい。

少しやさぐれた気持ちで冷蔵庫を開けたが、ビール以外は何も入っていなかった。

仕方なく朝食を準備する為に、近所のスーパーへと向かった。

朝だから少しはましだったが、予想通り太陽は「今日もがんがんいきまっせ！」と言わんばかりに熱く燃え上がっていた。

俺はそんな太陽の熱いシャウトを背中に受けながらトボトボと、何日か前におじいさんが車に轢かれそうになった、大きい歯医者の看板がある見通しの悪い交差点に差し掛かり立ち止まった。

相変わらず見通しが悪い。俺の右側にある歯医者の看板が大き過ぎて、右から来る車は俺の姿がほとんど確認出来ないだろう。

俊さんは、いつもこんな十字路で車にあたって金を稼いでいるのだろうか。

相変わらず灼熱の太陽が、俺の背中をガンガン照らし続けている。

今日は休んだけど明日からはまた、この灼熱の太陽に照らされながら外で仕事をしなければならない。そんな生活が一体いつまで続くのだろう。出口が全く見つからない。

そう考えると、とたんに全ての事が嫌になってきた。強い絶望感が俺の心を、外枠からじわじわと埋め始めていた。

　クーラーの効いている部屋で、抱き枕を抱きながらゴロゴロしていたい。冷えたビールでも飲みながら、甲子園の高校野球でもぼんやり見ていたい。決して高望みなんかしているつもりはない。極めて普通の願望だ。それが許されないなら、もういっそ死んでしまいたい。そんな人並みの願望さえも満たすことが許されないのか。

　そんな絶望感がついに心を完全に支配しかけた時、俺は昨日の俊さんからの勧誘を思い出した。

「あたり屋やってみないか」俺の頭の中は、あたり屋という言葉で一瞬一杯になった。灼熱の太陽のもと、熱中症すれすれになりながら八時間も働いて一日九千円。あたり屋は少し痛いかもしれないが、十分程度の時間で上手くすれば何万円も稼げる事もあるだろう。

　俺も今年で五十歳だ。いつまでもこんな肉体的にきつい仕事は続けられない。かといって事務の仕事に就きたくても社会が俺を必要としてくれない。

　あたり屋という言葉が、また俺の頭の中をよぎった。

　とその時、歯医者の看板の右側から1台の乗用車が走ってくるのが目に入った。

　世の中は、こんなおっさんなんかどうなってもいいと思っているんだ。炎天下の中、熱中症になって死のうがどうでもいいと思っているに違いない。こんな無職のおっさんが死んでも、昼のワイドショーですら取り上げてくれないだろう。

得体の知れない絶望感に襲われ、一瞬、全身の力が抜けていく感触を覚えた。

とその時、俺は車が通過するタイミングを計り何のためらいもなく、ふらっと歯医者の看板から道路に飛び出した。何かに背中を押されるように。

次の瞬間、乗用車は急ブレーキを踏んだが、全く間に合わず俺は右足の大腿部を強打し、その勢いでボンネットに乗りあがり、一瞬宙を舞い、次の瞬間尾てい骨と背中を強く地面にたたきつけられて転がった。

一瞬自分でも何が起こったのかよく分からなかったが、直ぐに尋常ではない強烈な痛みが、俺の背中と尾てい骨に襲い掛かってきた。

痛い、とにかく痛い。誰か助けて。右腕の肘も地面に落ちた時に大きく擦りむき、おびただしい血が流れている。

苦しみの中一瞬、恵理子たちの顔が思い浮かんだ。「恵理子、隆行、チャッピー…」まるで助けを求めるように呟いたが、激痛が直ぐに俺を現実の世界に連れ戻した。

俺はあまりの痛さに、ごつごつとしたアスファルトに張り付いたまま動く事が出来なかった。

それでも強烈な痛みと必死に戦いながら、少しでも冷静になろうと努めた。何でこんな事になっているんだ。一体何が起こったのだ。俺は激痛の中で必死になって考えた。そうか、俺は死んでもいいと思って車に撥ねられたんだ。でも何なんだ、この違和感は。だってさっきまで俺は、死んでもいいと思っていたじゃないか。いやむしろ死にたいとさえ思っていた筈だ。それなのに今は、必死に助けを求めている。おかしいじゃないか。でも今は、死にたいとかそんな事を考える余裕すらない。とにかく今俺に襲い掛かって来る、この強烈な痛みを少しでも和らげたい。この強烈な痛みから少しでも早く逃げたい。とにかく痛い。

すると車の運転席から、中年の背広を着たサラリーマン風の男性が「大丈夫ですか！」と運転席から飛び出してきた。「救急車呼びますか？　警察呼びますか？」とかなり動揺したように喚き散らした。

俺は痛さのあまり何も答える事が出来ず、ごつごつとしたアスファルトの上にへばりついて動けなかった。

それでもやっとのことで、男性の肩を借りながら何とか歩道の縁石に移動して腰掛けると、再び尋常じゃない痛みが尾てい骨を襲った。俺は顔をゆがませ「痛たたたた…！」と思わず叫んだ。

運転手の中年男性は、「私はどうしたらいいでしょう？」とうろたえた表情を浮かべながらおろおろと俺に尋ねてきた。

俺はとにかく病院に行きたいので、治療費を払ってほしいと訴えた。中年男性は、財布から一万円を取り出し俺に差し出した。俺がお金を受け取るとその男性は、深々と頭を下げその場を逃げるように立ち去った。

右腕から流れる血が汗と交じり、握りしめた一万円札に滴り落ちた。

激痛のあまり、俺はしばらく歩道の縁石に腰かけたまま動く事が出来なかった。

その時不思議な現象が一つだけ、俺の中でうごめき始めていた。尾てい骨と背中の激痛と腕から流れ出る血を見ながら、俺は今確かに生きている事を実感していた。

生きているか死んでいるかよく判らないような二十五年間のサラリーマン生活では、全く味わう事が無かった、この生きているという人間が持つべき本来当たり前の感覚を。

あの無機質な二十五年間より、今この瞬間の方が生きている事を強く実感しているではないか。家族を守ろうとして、身を粉にして必死に働いた二十五年間より。

何だか自分でもうまく説明のつかない不思議な感覚に心地よく包まれていた。もちろん強烈な痛みもあったが、とにかく今はこの場所を離れたくなかった。生きている事を、もっとしっかりと身体で感じていたかった。もっと強烈に刻み込みたかった。

そして激痛に導かれ、俺は徐々に現実に引き戻されて行く感覚を覚えた。ついさっきまで死にたいなんて思った自分が、急に恥ずかしく思えた。

俊さんが言っていた実態のないものに惑わされていただけではないか。現実しか信じないとあれほど固く心に誓ったのに。

車に飛び込む前に俺を支配していた「絶望感」なんてものは姿形など存在しない。今、俺の前に存在するのは、この耐え難い痛みと流れ出る赤い血だけだ。これだけが現実だ。

そして俺は、今ここで確かに生きている。だってこんなにも激しく痛みを感じているではないか。そして俺の身体の中からは、こんなにも赤い血が流れ出している。こんなにも赤い。

灼熱の太陽の下、まるで時が止まったかのように俺はうつむき、縁石に座り込み全く動く事が出来なかった。いや、動きたくなかった。

そして灼熱の夏の午後は、静かにゆっくりと過ぎていった。

〈Lesson to me〉

その後、俺は激痛をこらえながら何とか薬局に辿り着き、湿布薬と消毒液と包帯とガーゼを購入して帰宅した。

病院に行こうかとも考えたが、そこまでではないと判断し、二～三日しても痛みが引かない様であれば、病院に行こうと考えた。

何しろ俺はあの病院の持つ独特なマイナス感が大嫌いだった。あんな所に居るだけで、悪くないところまで悪くなるような気がしてしまう。

家に着くともう時計の針は、午後三時半を指していた。

俺は俊さんに連絡して、今日の夜飲みに行かないかと誘った。

俊さんは、気安くＯＫしてくれ俺達は、昨日飲んだ駅前のチェーンの居酒屋に午後六時に集合する事にした。

約束の時間まで、治療に専念したが、傷の手当以外は大した治療にはならず、激痛が収まる事はなかった。そこで俺は、短時間だが眠りに就くことにした。

しかし、目を閉じても寝付くことはなかった。少し気持ちが高ぶっているような気がした。

形はどうあれ、俺は当り屋行為を働いてしまった。

激痛に耐えながらも、お金を貰うために必死に交渉をした。間違いなく詐欺行為だ。立派な犯罪者だ。

幸いにも激痛のおかげで、緊張する事もなく、リアルに病院に行きたい気持ちが伝わったのか、相手は簡単に俺に一万円を差し出した。

時間にすれば、僅か十分程度の出来事だった。詐欺行為を働いた罪悪感よりも、こんなに簡単にお金が手に入る事が、信じられない気持ちで一杯だった。

罪悪感が薄かったのは、この激痛のせいかも知れない。あの一万円の罪悪感は、この激痛で十分払っているように感じていたからだ。

交通誘導員の仕事は、炎天下に熱中症寸前になりながら、八時間も働いて九千円しか貰えない。

確かにあたり屋は詐欺行為かも知れないが、これが上手くあたる事が出来るようになったら、相当楽だと思った。

まあ、うまくあたる様になれば、痛みがない分、罪悪感が増すのかも知れないが。

俺は現実を直視して生きていく事を決めた。

確かに俺は詐欺行為を働いたのかもしれない。でも俺はこうして僅か十分間で一万円を得る事が出来た。これは間違いなく現実に起こった事だ。

俊さんが言っていた。綺麗な金を少し稼ぐか、汚い金を多く稼ぐか。

そして俺は汚い金を多く稼ぐことを決めた。


約束の時間が近づき、俺は店に向かった。

午後六時に店に着くと、俊さんは既に到着していて、俺を見つけるとビールジョッキを高々と持ち上げて合図を送ってきた。

俺が席に座ると、俊さんは少し心配そうな表情を浮かべ「どうした、その包帯は？」と俺の肘を見つめながら尋ねた。

俺は店員を呼び、生ビールと冷奴を注文して「俊さんのせいだからね」と怒りの表情を浮かべた。

「俊さんが昨日の夜、あたり屋やってみないか、なんて言うから俺今日やっちゃたんだよ。それでこのざまさ。背中と尾てい骨は、今でも死ぬほど痛い」と恨めしそうな表情を浮かべながら、女性店員が運んできた生ビールをグッと飲んだ。

俊さんは、怪訝そうな表情を浮かべ、「はあ？」と冷奴に手をつけようとした手を止めた。

「やっちゃたって、まさかあたり屋をやったのか？　何処で？」と少し驚いた表情で尋ねて来た。

「駅前の大通りの裏道の二つ目のでかい歯医者の看板がある十字路さ」と少し不貞腐れた表情を浮かべ、一杯目のビールを一気に飲み干した。

するとすかさず俊さんは「あ～！　あそこ！」と言って大きな声で叫んだ。

「あそこは、上級者向けだよ」と言って店員に俺のビールを追加オーダーした。

「あそこは見通しが悪過ぎて、車のブレーキが遅れるんだよね。歯医者の看板の方向から人が出て来ても、直進車からは全く見えない。だからブレーキが遅れる。まあ、よくそんな危ない場所でやったなぁ。よく死ななかったな」と俊さんは、少し感心した表情を浮かべ楽しそうに笑った。

「笑い事じゃないよ俊さん。おかげで俺は完全に宙を舞って背中と尾てい骨をメチャクチャ強打したんだから！」と言って運ばれてきた二杯目のビールを一口飲んだ。

俊さんは大笑いしながら「お前、それはもうあたり屋じゃなくて、単なる交通事故だから！」と腹を抱えて必死に笑いをこらえていた。

「それでその後どうした？　幾らもらった？」と興味深そうに身を乗り出して来た。

「病院に行きたいと言ったら、一万円を差し出してきたから受け取ったよ、意外に簡単に払うから少し驚いたけど」と言って座っているのも辛い尾てい骨をさすった。

すると俊さんは少し呆れたような表情を浮かべ「これだから素人は困るんだよな〜、一万円はともかく、病院に直ぐタクシーで行きたいとか言ってあと五千円はごねなきゃ」と俺を見下すようにして言った。

俺はちょっとムッとして「そんなの教えてくれなきゃ分かるはずないだろ！　あの時は激痛に耐えるだけで精一杯だったよ！　交渉なんて無理無理！　そんな余裕ないよ」と激しく反論して大きな声で店員を呼んだ。

俊さんは少し悪びれた表情を浮かべ「そうだよな、悪い悪い、そりゃそうだよな。そんな事、誰も教えてくれないもんな。分からなくてあたり前だ」と言って「よし！

俺が特別に教えてやろう！ 今日から一週間、みんなが待ちに待ったあたり屋夏期講習会の開始だ！ 今なら入会特典で、なんと特別にスターターキットもつけちゃうよ！ さあどうする？」と少し俺をおちょくるような態度であたり屋講習会参加の勧誘をしてきた。

俺は少しの間沈黙した。俺の心は、昼間の事故からあたり屋をやる事を既に決めていた。車にぶつかって、地面に叩きつけられた時、一瞬、恵理子達の顔が浮かんだ。そして俺は恵理子に助けを求めた。でも助けには来てくれなかった。当然だ。あの日の夜もそうだった。それが現実だ。そして痛みが俺を現実の世界へと連れ戻してくれた。

あたり屋をやるという事は、犯罪者になるという事だ。隆行は俺のせいで、犯罪者と血縁を持つ事になってしまう。離れ離れになっても、許される事ならば隆行にとって立派な父親であり続けたかった。またいつか、家族が一つになれる日が来るのではないかという淡い期待を心の何処かに抱き続けていた。

でもそんな日は来ない。来る筈がない。もう誰も助けてなんかくれやしない。地面に叩きつけられ、俺はその事を、はっきりと理解した。

あの時の激痛の中、恵理子達の顔が浮かんだが、その後は全く思い浮かぶ事はなかった。もうあの幸せだった世界や、淡い期待は完全に断ち切る事決めていた。

俺は、今、現実の世界で生きている。そしてその現実を変える事は、俺の行動でしか変える事は出来ない。俺は今自分が直面している現実を変えたかった。何としても変えたかった。炎天下の中で、何も考えず誘導灯を振る生活を変えたかった。

生きている事を実感する生活を送りたかった。例えそれが犯罪者に身を染める事になったとしても。

それが隆行を犯罪者の血縁に引きずり込む事になったとしても。

沈黙が長く感じられたのか、俊さんは「無理に勧誘している訳じゃねーからな。まあ良かったらっていうレベルの話だから」とどこか落ち着かない表情を浮かべながら話した。

俺はあたり屋をやる事は決めていたが、その理由を俊さんに話すべきかを悩んでいた。俺は完全に俊さんの言っていたあたり屋の魔力にやられちまったらしい。もう戻る事は出来ない事を、自分自身が一番よく理解していた。

色々考えたが結局俺は、あたり屋をやる理由を俊さんに伝えるのを止めた。何か上手く言葉に出来ないし、伝える事も少し照れ臭かった。

それにこの決断は、俺自身の問題だ。俊さんと共感すべき内容ではない。

俺は静かに沈黙を破り、俊さんにあたり屋夏期講習会の入会をお願いした。

すると俊さんは「え嘘？　本当にやるの？　いいのか？　よく考えた？　親にちゃ

んと相談した？」と心配そうな表情を浮かべた。

俺が静かに頷くと「よし！　ＯＫ！　じゃ～俺に任せとけ！　但し夏期講習の場所はこの居酒屋だ。そんで夏期講習期間中の飲み代は全てお前持ちな！　安いもんだろう！」と満面の笑みを浮かべた。

俺は若干の違和感を覚えたが、授業料として飲み代を負担する事を約束した。ちょっと高いと思ったが、この世であたり屋のカリキュラムを教えてくれる人なんて、この人以外にとても考えられなかった。

講習期間は、次週の月曜日～金曜日の５日間で、時間は午後七時スタートに決まった。カリキュラムは俊さんが考え、講習会当日に発表する事を約束してくれた。

そして翌週から俊さんのあたり屋夏期講習会が、いよいよ始まる事となった。

〈Summer progrum〉

俊さんとあたり屋夏期講習会の約束をした翌日から、俺はまた交通警備員のバイトを再開した。

やはりこの夏の暑さは異常で、耐え難いものがあった。

特に昨日の暑さは尋常ではなく、また熱中症でぶっ倒れる寸前にまで心身ともに追い込まれた。

夏期講習会当日の朝、俺の心は、溢れんばかりの期待に膨らんでいた。あたり屋をうまく自分のものにする事が出来れば、もうこんな地獄のような日々から解放され、生命感に満ち溢れた自由な日々が待ち受けているように思えたからだ。

俺の心は一刻も早く講習会で勉強したいという向学心で一杯になっていた。

講習会当日の夜、俺はいつもの居酒屋へ心を弾ませながら足早に向かった。

居酒屋に着くと、俊さんは既に到着していて、いつものようにビールジョッキを高々と掲げながらテーブル席から俺の名前を呼んだ。

俺は女性店員に生ビールをオーダーして、俊さんの前に急いで座った。俊さんは生ビールを美味そうに飲みながら「それがカリキュラムだ」と言って俺の前に置かれた一枚の紙切れを指差した。

俺は汚い字で書かれたその一枚の紙切れを見つめ、書かれている内容をゆっくり読み上げた。

「第1章『あたり屋とは』、第2章『当たる前に考える正しいあたり屋術』、第3章『これだけは知っておきたいあたり屋禁止事項』、第4章『実践！　あたって砕けろ！』、第5章『終わりにあたって』」と大きな声で一通り読み上げた。

俊さんは「おいおい、あんまりでかい声で、読み上げるなよ。周りに聞こえて恥ずかしいじゃね～かよ」と少し照れながら、ビールジョッキを持ち上げた。

俺はそんなおっさんの羞恥心など完全に無視して、真剣な表情を浮かべ「俊さん、この第1章のあたり屋とはって項目いらなくない？　あと第4章のあたって砕けろって何？　それと第5章の終わりにあたっては、あたり屋に掛けた完全なオヤジギャグだよね」と冷酷な表情を浮かべながら問い詰めた。

俊さんは、「なんだよ、俺のカリキュラムに文句あんのかよ。これでも、三日間も考えたんだぜ。まあ確かに少しオヤジギャグも入ってるけど。あんまり堅苦しいのもどうかなと思って、わざと入れたんだ。気に入らなかったか。遊び心のない男だな。そんなんじゃ、あたり屋として大成しないぞ」と大好物の冷奴を口に運びながら反論した。

俺は店員を呼び、いつもの焼酎ボトルと水割りセットを注文して冷静に話を続けた。

「俊さん、俺本気なんだよ。分かってくれよ。一刻も早くこの目の前に広がる、空虚な現実から抜け出したいんだ。分かるだろう、あのつらい交通警備員のバイト生活から抜け出したいんだ。この現実を変えたいんだよ。現実を変えるには、自分の行動でしか変えられないと俺は思っている。だから一刻も早く行動したいんだよ！　動き出したいんだ」と俊さんのギョロっとした目を真っすぐ見つめた。俺のその目には、うっすらと涙すら浮かんでいた。

俊さんは俺の尋常じゃない真剣さにようやく気付き慌てて「いや、ごめんごめん、何か悪かったな。まあ、お前さんの覚悟はよく分かった。でも信じてくれ。このカリキュラムは、俺なりに結構真剣に考えたものだ。そこは信じてくれ。決してお前さんの期待を裏切る内容ではない筈だ。まあ、お前さんが言うなら第1章は割愛してもいいや。第1章は、後半飲みながら話してもいい。さあ時間もだいぶ押してきているから、早速、第2章『正しいあたり屋術』から講習を始めるとするか！」と俺の尋常じゃない真剣さに押されたせいか、やや強引に講習会をスタートさせた。

俺がグダグダ言う前に、とにかく講習は行ったという規制事実だけは作り、おごりの酒代だけは確保しようという作戦かもしれない。

ただ俺も感傷に浸っている時間などもう残されていない。

一刻も早く当たり屋として自立しなければならない。一刻も早く、この現実を変えなければならない。

ここでようやく俺と俊さんの利害関係が一致した。

そして俊さんの講習が色々な思惑が渦巻く中、慌しく始まった。

「まず、あたり屋ってやつは、ただ何となく車にあたればいいって訳じゃない。当たる相手を見極めないとダメだ」と俺の目を見据えて急に真剣な表情で話し始めた。

俺は、焼酎グラスを両手に持ちながら、固唾を飲んで話しを聞いた。俊さんは静かにこう続けた。「いいか、あたり屋って奴は、必ず示談で済ませなきゃならない。下手に警察や保険屋なんか呼ばれたらそれこそ都合が悪い。何故か分かるか？」と相変わらず真剣な眼差しで、俺を睨みつけ焼酎の水割りをゴクリと一口飲んだ。

俺はいまいち理解出来ず「でも金さえ貰えればいいんじゃないの？　例えそれが保険屋からだとしても、何の問題も無いと思うんだけど。違うかな」と正直に答えた。

すると俊さんは直ぐに俺の意見を否定した。「それは違う。あたり屋は、それで生活をしていかなければならない。ずっとあたり続けなければならない。何度も同じような事故を起こしていたら、たちまち保険屋と警察のブラックリスト入りだ」と空の焼酎グラスを俺に差し出しお代わりを要求した。

俺は焼酎の水割りを作りながら「まあ、そうかもしれないけど、じゃあどうすればいい？」と言いながら酒を注いで水割りグラスを返した。

俊さんは、水割りグラスを受け取りながら、更に真剣な眼差しで「ここからが重要なポイントになる。何の根拠もないが、これは俺の経験による統計結果だ。これを教えるのはお前が初めてだ。もちろんこんな事は誰も教えてくれないし、世界中のどんな書籍を探したって書いていない」と少しもったいぶりながら続けた。

「ズバリ、ターゲットは主婦かサラリーマンの営業車だ」とギョロッとした目が飛び出るくらい見開いて話した。

「何で？」と俺が聞くと「それはわからねーな、あくまで俺が体験して得た結論だ。まあ想像するに、主婦は旦那さんの留守中に人身事故なんて起こしたら、相当怒られるんだろうよ。それに専業主婦なんて、そこそこ良い生活しているんだろうから、金で解決出来るなら、面倒な事に発展するより、よっぽどいいんだろうよ。営業マンは、基本的に時間に縛られていて忙しい。だからチャッチャと金で解決しようとしてくる。大概はそうだ。それに人身事故が会社にバレると何かと厄介なんだろうな」と少し知的な表情で枝豆をつまんだ。

俺は思わず大きな声で叫んだ。「俊さん、今までの無礼な数々の発言を許してくれ。やっぱりあんたすげーよ！　俺が見込んだだけのことはある。これは確かに誰も教えてくれないし、世界中のどんな書籍にも書いていない。こんなアホみたいな事、真剣に分析して体感している人は、世界中探してもあんたしかいないなよ！　あんた世界一のアホだ！」と興奮を抑えきれずに思わず大きな声で叫んでしまった。

俊さんは、「アホみたいな事って…お前それは、ま、まあいいや」とやや険しい表情で焼酎水割りを飲み干した。

俺は思わず興奮してしまったことをやや恥じながら「あ、ごめん、ごめん、誉め言葉としてとらえてよ。アホだろうと何だろうと世界一になるってすごい事だ。もう一度言わせてくれ、あんた世界一のアホだ！」と言って俊さんの目をじっと見据えた。

俊さんは、その熱い目線をうっとおしそうに逸らしながら「まあいいや、もうやめてくれ。話を戻そうか」と少し照れくさそうに汚いノートに目を移しながら話しを続けた。

真剣な表情で、ノートをパラパラとめくると「第2章は大体こんなとこかな」と言って美味そうに焼酎を飲み干した。「はあ？」と思わず俺は叫んだ。「終わりって、たったこれだけ？　そりゃないよ俊さん。だって今日の飲み代だって一人三千五百円は掛かるはずだ。時間にしたらまだ三十分も経っていない。もうちょっと何か教える事があってもいいんじゃないの？」と俺は正直に不満をぶつけた。

俊さんは大好きな冷奴をつまみながら「なんだよ！　文句あんのかよ。さっきまでスゲーって感動していたじゃねーかよ。さっきの講習内容だけで、十分に三千五百円分の価値はあるだろう。あんな事を一体誰が教えてくれるっていうんだよ！」と猛烈な勢いで俺の反論を押し返した。

それでも俺はまだ納得がいかず「でも…ちょっとあんまりじゃないかなぁ。俺かなり気合入れて来たんだよ。それでこれじゃさぁ、ちょっと残念だよな」と愚痴をこぼした。

俊さんは、面倒臭そうに「あー！　もううるせーな！　んじゃ、あとトラックとかバスとかには絶対に当たるな！　あんなんにぶつかったら、ヘタすると死んじゃうからな。しかも仮にうまくいっても貰える額は大体同じだから」と大好きな冷奴を口に運びながら屈託のない笑みを浮かべた。

そのおっさんの屈託のない笑顔を見ながら、俊さんが今日はもう完全にやる気がない事を悟った。

俺は諦めて「もういいや。まあ、今日は初日だからね。いいや、今日は飲もう」と言って焼酎の水割りを一気に飲み干した。

何か今日はこのまま俊さんとグダグダ酒を飲んでいる方が、楽しく有意義なように思えた。

まあ、この人の性格からして、初日からきっちり教わる事は難しいとは覚悟していた。何回か一緒に飲んでいて、俊さんは非常にムラが激しい性格だということを理解していたからだ。熱くなって喋りまくると思ったら、今、地獄を見てきたと言わんばかりに急に落ち込む。そうかと思えば、また急に盛り上がって大騒ぎをし出すかと思えば、急に寂しがりやの表情を浮かべてみたりする。

でも俺は、その掴み所のないこの妙な性格が、この人の一つの魅力のように感じていた。どこか予測の付かない言動や挙動に、振り回されながらも、ふと気付けばいつも俺はこの人の近くに引き寄せられている。不思議な魅力を持っている人だと、俺はいつも思っていた。

正に今日は、その典型的なパターンだった。

その後は、相当酔っ払った俊さんの、あたり屋体験談がひたすら続き、初日のあたり屋講習会は何となく終了した。

俺は帰り道を歩きながら、今日の講習会を振り返った。教えて貰ったことはたった一つだったけど、その内容は俊さんの体験から得られた貴重なものだった。ちょっと大げさだったけど、確かに世界中の書籍やＳＮＳを探しても見つける事は出来ない内容だった。そこまでは凄いと本気で思っていたけど、その後はいつもと同じ単なるグダグダな飲み会になってしまった。

でも何か楽しかった。

たった一つの事を教えて貰っただけなのに、何か真っ暗な闇に一筋の光明が差してきたような感じがした。恵理子達と別れて以来ずっと続いていた深い深い暗闇に。

俺は何気なく夜空を見上げた。上を向くのは久しぶりのように感じた。

夜空には雲に隠れた月が淡い光を放っていた。俺はその場に立ち止まり静かに目を閉じ、その淡い月の光を全身で浴びた。

カラカラに乾ききった心が、少しだけ潤いを取り戻す感覚を覚えた。

翌日の夜、第2回目の夏期講習がいつもの居酒屋で開始された。

頼んだ生ビールと冷奴が到着すると、俺は真剣な表情でノートを広げた。俊さんは少し面倒くさそうにカリキュラム表を眺めながら「えーと、今日は確か第三章のこれだけは知っておきたい、あたり屋禁止事項だったかな」と言って生ビールをぐびぐび飲み始めた。

そして「じゃあ、早くとろけるチーズみたいになって酔っぱらいたいから、早速始めるか！」と言って2回目の講習会が、いつもの雑な感じで始まった。

「禁止事項というか、まあ注意事項みてーなもんだな。まず軽自動車に当たんのは止めといた方がいい。俺の経験上、失敗例がかなり多い。この前も若い奴が運転していた軽自動車にあたったんだが、そいつときたら知らんぷりして逃げて行きやがった。ひでーもんだろ、まったく。ひき逃げだよ！　あたり屋の天敵はひき逃げだ。よく覚えておけよ。あとお年寄りが、運転していることも結構多いから良く注意しろよ」と言って店員を大きな声で呼んで生ビールを注文した。

俺はノートを取りながら「若い奴が逃げちゃう奴が多いのは分かったけど、お年寄りもダメなの？」と不思議そうに疑問をぶつけた。

俊さんは、店員から生ビールを受け取ると「だってお前、お年寄りからお金取るのは何か嫌じゃねーかよ。オレオレ詐欺みたいでさ」と言ってビールを一口飲んだ。

「俊さん、あんたあたり屋なんだろ。あたり屋なんて基本は詐欺師なんだから、そんな中途半端な正義感は不要なんじゃないの？　金がもらえればいいんじゃないの？　俺間違ってるかな？　あたり屋なんかやる以上、それ位の勇気と覚悟が無いとダメだと思っていたよ。だから俺はそれなりの覚悟を持ってこの講習に参加しているんだ」と激しく詰め寄った。

俊さんは俺の熱い反論に少し戸惑いながら「お前どんだけ、あたり屋に悪のイメージ持ってんだよ。まあ、これは俺のポリシーで人に押し付けるようなもんじゃねーから、最終的にはお前が判断しろや。でも何か嫌じゃない？　お年寄りにお金たかるのって。何か気が引けない？」と言って二杯目の生ビールを飲み干し話を続けた。

「俺はお前にそんな野蛮で理不尽な、あたり屋になってほしくねーんだよ。あたる相手はきちんと選んでほしいんだよな。こいつなら金を騙し取ってもいいと思えるヤツにあたってほしい。そうじゃないと、その後の痛がる演技にも影響が出てしまう」と真剣な表情を浮かべた。

俺は店員を呼び付け、いつもの焼酎水割りセットを頼んだ。

そして少し沈黙した後「そうだね、少しあたり屋に対するイメージを悪く持ち過ぎていたかもしれないな。まあ、分かったよ。老人が運転する車にあたるかあたらないかは、俺自身が判断するよ。そういう問題だと思う」と言って運ばれてきた焼酎水割りセットを作り始めた。

俊さんは「そうか」と小さく頷きながら「まあ、あたり屋にルールや原則なんてもんは無いからな。基本自由だ。財団法人日本あたりや協会とかがあって、ルールを制定している訳じゃない。だからこそ自分自身のポリシーが重要になってくる。ポリシーなきあたり屋なんて、真のあたり屋じゃない。単なる詐欺師だ」と言って焼酎の水割りを受け取った。

俺の中であたり屋のイメージが少し変わっていった。確かにあたり屋にルールなんかある訳がない。だから自分のポリシーが重要になるという事なのだろう。ルールは自分で作るしかない。そこはよく理解出来る。

でも所詮は人を騙してお金をもらう詐欺師だ。いくら高尚なポリシーを持っていたってお金が稼げなければ意味がない。

俊さんは珍しく真剣な目つきで「要はどうあたるか？　という事さ。ただあたればいいってもんじゃない。俺はいつだって真剣に車にあたっている。俺は命がけでこの仕事に取り組んでいる。仕事？　ちょっと違うか」とはにかんだ。

俺の頭の中は、さっきからポリシーという言葉で一杯になっていた。このポリシーひとつで、確かに全てが変わるのだろう。物の見方、捉え方、考え方、もっと言えば物体の造形の印象すら変わってくるのかもしれない。いや印象と言うよりは心象と言うべきか。

　俊さんはさっき間違えて、あたり屋を仕事と表現した。でも自分のポリシー次第では、詐欺師がビジネスマンに変わってしまう事もあるのではないだろうか。俺は25年間ビジネスマンとして、営業職に就いていたが、あんなのだってやっている事は、一歩間違えば詐欺師と大して変わらない。それ位ポリシーは重要な事に思えた。

　そんな事を少し酔っぱらった頭で、ぼんやり考えていると俊さんは「まあ、あんまり深く考えんなよ。あたり屋なんて自営業みたいなもんだ。どういう店にしたいとか、どういう客に来て欲しいとか、自分で良く考えればいいだけだ。店のレイアウトとかさ。あ、レイアウトは関係ねーか」と笑いながら焼酎グラスを俺に差し出しお替りを要求した。

　俺の頭の中は、心地よく混乱していた。あたり屋＝自営業、確かに言えなくもない。考えれば考える程、このポリシーの重要性が浮き彫りになってくる。俺の頭の中で、ある一つの考えが生まれようとしたとき「早く酒を作れよ」と俊さんは不満そうな顔で督促した。

　そして「ちょっと話がそれちまったな。話を戻そう。え〜と、どこまで話したかな。そうか軽自動車にはあたるなという所か」と言いながら汚いノートをパラパラとめくり始めた。「まあ、とにかく悪い事は言わねーから軽自動車は止めといた方が身のためだ。一言で言うと客筋が悪い。保険に入っているかどうかも怪しい東南アジア人なんかにあたっちまったら目も当てられないぜ」と言ってまた汚いノートをめくり始めた。

俺は「昨日からその汚いノートが気になってたんだけと、そのノートは何なの？」と単なる興味本位で尋ねた。

すると「あ～このノートか。これは俺の長年の研究成果が、ぎっしり詰まっている大切なバイブルだ」と誇らしげに掲げた。表紙には、英語で「ＴＯＳＨＩ」と書かれていた。俺は少しからかうように「へ～ＴＯＳＨＩって、Ｘ－ＪＡＰＡＮみたいでカッコいいじゃない。ちょっと見せてよ」と言って少しふざけてノートを取り上げようとした。すると俊さんは、俺の動きを制止して「ふざけんな！　これだけは見せらんねーよ。俺のバイブルだからな」と真剣な表情で俺の手を払いのけた。

そして「さあ、講習会を続けるぞ。え～と、あとは…そうだあたり屋をやるのは昼間だけにしろ。いいか、これは絶対だ。夜は車のライトでどんな奴が運転しているかも良く見えないし、暗いから何かと危険だ。絶対止めとけ」と言って開いていたノートをパタンと閉じた。そして「よし！　今日はここまでだ。さあ～とろけるチーズみないになるまで飲むぞ～」と言って焼酎の水割りを一気に飲み干した。俺は驚きの表情を隠さず「はあ?」と大きな声を上げ「終わりって、たったこれだけ？　嘘でしょ！　まだ一つか二つくらいしか教えてくれてないじゃないか！　幾ら何でもそりゃ無いよ。昨日は初日だから大目に見たけどさ、今日は勘弁してよ！」と激しく抗議した。

　すると俊さんは少し呆れた表情を浮かべ「お前さ～昨日からずっと思っていたんだけど、何か勘違いしてない？　さっきも言ったけど、あたり屋にルールや決まり事なんかねーんだよ。日本大学あたり屋学部にでも入学したつもりか？　俺が教えられるのは、過去の経験だけだ。要するにあたり屋の10％くらいの事しか教えられないってことよ。残りの90％は、自分でポリシーをしっかり持ってあたって考えろってこと！そこちゃんと理解しているか？　俺はお前に考えるヒントを与えているだけだ。だからもちろん、あたる場所なんか簡単に教えるつもりはない。それは、山菜が採れる場所や魚が釣れる場所を、親族以外は秘密にするのと一緒だ」と少し突き放すような強い口調で言った。

　確かに、この講習が終われば、俺たちは商売仇になる訳だ。いわばライバルだ。プロとして金を稼いでお互い生活をしなければならない。

　俺は確かに少し俊さんに甘え過ぎていたのかもしれないと少し反省した。

「俊さん、そうだよな。悪かった。少し俊さんに甘え過ぎていたね。確かに自分で選んだ道だから、最終的には経験を積んで自分のポリシーで歩んでいくしかない」と言って軽く頭を下げた。すると俊さんは、少し嬉しそうな表情を浮かべ「ああ、分かってくれりゃいいんだ。まあ、さっきはあたる場所なんか教えないって言ったけどよ、情報交換くらいはしようぜ。これも何かの縁だ」と言って大好きな冷奴に醤油を垂らした。そして「まあ、ここで呑んでいる時は、仲間みたいなもんだ。今回の講習会が終わっても、何か聞きたい事があれば、遠慮なく何でも聞いてくれ。俺が教えられる事は、何でも教えてやるよ。但し、飲み代はお前持ちだけどな！」と言って無邪気な笑顔を浮かべた。

「仲間」か…久しぶりに言われたような気がする。会社に勤めていた時、仲間だと思っていた奴らに何度も裏切られた。会社組織の中に身を置けば、そこにはもうほぼ利害関係しか存在しない。仲間意識なんて甘い感情を持っていたら、たちまち組織の中で淘汰されてしまう。裏切られたって当然といえば当然の事だ。

ただ俺は、今は無性に俊さんと会話がしたくなっていた。仲間という甘い感情の中に、今だけはドップリと浸りたくなっていた。「俊さん、今日の講習はもう終わり！飲もう！」と言って焼酎グラスを一気に飲み干した。

あたり屋講習は今日はもういい。今は、目の前にいる仲間と、とことん飲みたい気分だった。俺にとって、たった一人の真の仲間と。

そして二人でとろけるチーズみたいになるまで飲み、お会計を済ませて外に出ると、俊さんは「あー！　忘れるところだった」と言って居酒屋の裏に走り、ボロい自転車を押しながら戻って来た。「いや～危なく忘れるところだったぜ。はいスターターズキット」と言って自転車を俺に押し付けて笑った。

「明日からの実践編で、使い方を教えてやるよ。自転車だけ車にぶつけて自分はこけるだけ。なーに、コツさえつかんじゃえば、楽なもんよ」と言って高らかに笑った。

そんな酔っ払いのおっさんの高笑いなど無視して俺は「俊さん、これ絶対に駅前の放置自転車パクってきたでしょ…」と冷静に突っ込んだ。

俊さんは、少しバツが悪そうな表情を浮かべ「じゃあ、明日は実践編だからな。お前が轢かれた歯医者さんの看板がある交差点に二時に集合な！　その自転車忘れんなよ！」と言い残して、かなりおぼつかない足取りで歩き出した。

その後ろ姿を見送りながら、俺は思った。足取りはブレブレだが、このおっさんのあたり屋としてのポリシーは、一瞬のブレもない事が、この二日間の講習会でよく分かった。

最初にカリキュラムを見た時は、本当にこのおっさんについていって大丈夫かと懐疑的な気持ちになった。でも今は、このおっさんについていけば間違いないという確信に近い物が、心の中に芽生え始めていた。

右に左にと、まるでサッカー選手のフェイントのように傾く、おっさんの後ろ姿から俺は目を離すことが出来ず、心地良い夏の夜風を浴びながら、しばらくそこに立ち止まっていた。

そして、久しぶりに幸せな気分に浸りながら夜風を浴びた。本当に久しぶりに。

〈My graduation〉

そして、いよいよあたり屋夏期講習「実践編」の朝を迎えた。

今日も相変わらずの猛暑で、窓を開けると狂ったようなセミの鳴き声が響き、耳がつんざかれるようだった。

俺は、この夏期講習の間、交通警備員のバイトを休んでいた。

3年間、地道に働いて貯めたお金が、まだ俺の生活を十分に支えてくれていた。

でもこれから、あたり屋として生活を成り立てようとしたら、一体どんな収入形態になるのだろうか。全く想像がつかない。俊さんは、年間幾らくらい稼いでいるのだろうか。あたり屋に年収を聞くのは変かな。でも俊さんの身なりや生活習慣を見ていると、決して貧しさは感じない。よし、今度聞いてみよう。とゴロゴロしながら色々な事を考えたり、昼食のカップラーメンを食べたりしていたら、待ち合わせ時間の十分前になっていた。

俺は急いで着替えて、昨日もらったスターターズキットの自転車に乗って、約束の歯医者さんの看板がある交差点へ向かった。

交差点に着くと、俊さんは既に到着しており、無言で横断歩道を見つめていた。俺に気付くと「おう！　忘れずに自転車乗ってきたな」と眩しい太陽の光を手で遮りながら俺に近づいて来た。

俺も太陽の眩しさに少しふせ目がちになりながら「昨日も言ったけど、これ絶対に盗難自転車でしょ。俺ここまで来る途中、警察に会ったらどうしようって、結構ドキドキしていたんだよ」と軽く文句を言った。俊さんは、そんな俺の文句を無視して「この横断歩道をよく見な」と言って目の前の横断歩道を指差した。横断歩道の白い部分が何か所か剝がれアスファルトが浮かび上がっていた。

「よく覚えておきな。ここが俺たちの聖地だ。英語で言うとサンクチュアリだ」と言って意味深な表情を浮かべた。

俺は俊さんの発言に違和感を持ち、聖地を英語で言った意味を必死に考えたが、答えは浮かばなかった。

俊さんはそんな俺を無視して話を続けた。「横断歩道は、俺たちを守ってくれる大切な場所だ。車が横断歩道で人を撥ねたらどうなるか？　そんな事があろうものなら、運転手は即警察行きだ。普通の道で人を撥ねるよりよっぽど重罪だ。だから運転手は大慌てになる。パニックになり冷静さを失う。そして大いに動揺する。だから相手につけ込む隙が生まれる。俺の言いたい事が分かるか？　初めの内は、絶対に横断歩道がある信号のない交差点を狙え」と眩しい太陽を睨みつけながら言った。

俺は「なるほど、それは凄く勉強になる。ただでさえ、人を撥ねて動揺しているのに、それが横断歩道なら尚更だ」と大きく頷いた。

俊さんは相変わらず眩しい太陽を睨みつけながら「あたるなら、あたって砕けろ横断歩道」と下手な川柳を詠んだ。

俺はそんな下手な川柳など無視して質問した。「ところでさぁ、さっき、聖地の事を英語で言ったじゃない。あれって何の意味があるの？　外人のあたり屋から聞いた言葉とか？　色々考えたんだけど、答えが見つからなくてさ」と額の汗をハンカチで拭いながら尋ねた。

すると「あー、あれはたまたま英語が思いついたから…お前知っているかなぁと思ってさ。だから特に意味はない」とあっけらかんと答えた。

「意味はない？」と俺は改めて聞き直した。「意味はない」と俊さんは、おうむ返しに答えた。

俺は深いため息をつき、必死に冷静さを保とうとした。しまったなんで俺は、この炎天下の中、おっさんがたまたま知っていた英語を聞いて、こんなにも深くその意図を考えてしまったのだろう。俺は、こういう意味のないことを深く考えてしまう悪い癖がある。そしていつも後で後悔する。そして案の定、深い深い後悔の念が襲いかかってきた。それと同時に、さっき聞いた下手な川柳が、今更になってボディーブローのように効いてきた。そして俺の心の中から「前向き」という気持ちが少しずつそぎ落とされていった。

この精神的な落ち込みのせいか、炎天下の暑さがさっきより倍増して襲い掛かって来るのを感じた。俺のやる気スイッチは完全にＯＦＦモードに入りつつあり、もういっそのこと早く帰りたくなっていた。

そんな俺のＯＦＦモードなど、全く気にせず「まあ、基本的に通行人の立場は強い。車以外でもバイクや自転車にあたっても勝てる。だから俺たちあたり屋は、法に守られて仕事をしているとも言える。仕事？　ちょっと違うか」と言って屈託のない笑顔で笑った。俺はそんなおっさんの屈託のない笑顔に余計イラつきながら「俊さんの言いたい事は、大体理解したよ。そろそろ実践的な事を教えてくれないかな。せっかく自転車も持って来たしさ。それにこの炎天下の下から、一分でも早く開放されたいよ」とけだるそうに懇願した。もう限界だった。炎天下の中、このおっさんと一緒にいる理由が、段々分からなくなっていた。

するとすると「あーそうだな、俺も早くキンキンに冷えたビールが飲みたくなってきたぜ。じゃあ、その自転車貸してみな」と言って俺の自転車のハンドルを握った。

「お前は、確かこの歯医者さんの看板がある道の右端から飛び出したんだよなぁ。でも俺なら左端からいく」と言って自転車を押しながら、道の左端から交差点にふらっと飛び出した。すると右側から一台の白い乗用車が走ってきて、俊さんに気付き慌てて急ブレーキを踏んだが間一髪間に合わず、自転車の前輪に車の左フロント部が軽く接触した。俊さんは、自転車にあたると同時にぶざまではあったが、大袈裟に自転車と一緒に倒れた。

まさに一瞬の出来事であった。近くで見ていたせいもあり、その迫力には余計に度肝を抜かれた。完全に車にぶつかっている様に見え、あまりの衝撃に一瞬唖然とした。

すると車から四十代くらいの主婦が大慌てで飛び出してきて「すみません！　大丈夫ですか！」と大声で叫びながらこっちに向かって走ってきた。俊さんは、右手首を痛そうに抑えながら身体を半分起こした。「痛ててて…やべーな、これは骨までいってんな」と言って苦悶の表情を浮かべた。

女性は「本当にすみません、すぐ警察を呼びますから」と言って動揺しながら携帯電話をポケットから取り出した。

すると俊さんは、「おい！　俺は手首が痛くてしょうがねーから、今すぐ近くの病院に行きてーんだよ！　警察なんか呼んだってこの時間帯じゃ、何時間掛かるか分からねーだろーが！　こっちは痛くて仕方ねーんだよ！」とギョロっとした目を一層大きく広げて女性を威嚇した。

「すみません！　すみません！　でも車の修理で保険を使うかもしれないので…」と女性は少し困った表情を浮かべた。

するとに俊さんは「じゃあこうしよう。とにかく俺は痛くて痛くて仕方がねーから、今すぐ病院にタクシーで行きたい。だから治療費とタクシー代を現金で払ってくれ。そんで後日、保険を使うようであれば、俺の携帯に連絡をしてくれ。一緒に警察に行って事故証明を取ったら金を返す」と提案した。女性は納得し、財布から二万円を取り出し、俊さんの携帯番号が書かれたメモと交換した。

そして女性は深々と頭を下げてその場から走り去っていった。

俺は、しばらく言葉を失った。

見事なあたり屋行為だった。素晴らしい。車に突っ込むタイミングが、絶妙だった。非の打ちどころがない。

俺は前回、道路の右端から飛び出して轢かれた。だが俊さんは、道路の左端から飛び出した。この違いも大きい。右端からだと歯医者の看板付近からいきなり人の姿が見えるからブレーキが遅れる。左端なら看板から道路の左端までの距離分、ブレーキが間に合う。あとちょっとブレーキが早ければ、あたらずに済むくらいのギリギリのタイミングであたった。だから、車のスピードは、ギリギリまで落ちていのに、俊さんは演技で大袈裟に転んだ。横で見ていたからよく分かった。見事な演技だった。

だから手首が痛いとか、難癖を付けて騒いでいたけど絶対に何処も痛い筈がない。

そして自分に不都合な方向に話が向かおうとした時の、迫力のある凄み方と姑息な提案力。正に非の打ち所がない。完全なるプロの仕事だ。

でもただ一つだけ気になる事があった。「俊さん、さっき連絡先を交換したじゃない？　保険を使うって話になったらやっぱり警察に行くの？」と俺は興奮を抑えながら尋ねた。

俊さんは、洋服の汚れをはたきながら立ち上がり「行くわけねーだろ！　あの連絡先はでたらめだ」と言ってニヤリと笑った。

俺は興奮を抑えきれず「俊さん、あんたやっぱスゲーよ！　完璧だ！　完璧な詐欺師だ！」と思わず大きな声を上げてしまった。

そして「さっきはごめん、実は俊さんが車にあたる前までは、どうしようもない川柳や、おっさんの気まぐれ英語のせいで完全にやる気を失っていたんだ」と言って頭を下げて謝罪した。

俊さんは少し複雑そうな表情を浮かべ「どうしようもない川柳って…」と言って少

し暗い表情を浮かべた。俺はそんな俊さんの表情を見て「え！　もしかしてあの川柳は自信作なの？」と驚いて聞いた。すると俊さんは「いや、実は〝おーいお茶〟のサラリーマン川柳に応募しようかなぁと思っててさ…」と言って少し照れくさそうに笑った。

俺は「俊さん、それは応募するだけ無駄だよ、止めとけよ。それにそもそも、あんたサラリーマンじゃないから！」と強く言い放った。

そして「あんたはサラリーマンなんかじゃない、素晴らしきあたり屋だよ！　最高だよ！　さっきは完璧だった。俺正直に感動したよ！」と興奮を全く抑えられず俊さんを称えた。

俺は少し誇らしい気持ちにすらなっていた。あんなことをいとも簡単に出来る人は、恐らく日本中探しても俊さんくらいしかいないだろう。俺はそんな凄いあたり屋から、直接レッスンを受けた訳だ。最高だ。俺は必死に興奮を抑えようとしたが、無駄だった。

あのプロのあたり屋の現場を生で見て、今まで自分の中で、どうしても埋める事が出来なかったあたり屋のイメージ像をしっかりと掴むことが出来た。最後のパーツが埋め込まれた気分だった。

そして、改めてあの行為を俺自身が出来るのか自問自答してみたが答えは出なかった。あれに近い事は出来るかもしれないという気持ちと、とっさにあんな交渉が出来るのかという複雑な気持ちが入り混じっていた。

その後、俊さんのおごりでいつものチェーンの居酒屋へ飲みに向かった。

そしていつもの席に座り、キンキンに冷えた生ビールを一口飲むと、俺は俊さんに質問した。

「俊さん、一つ訊いていいかな。あのさ、さっきのあたり屋行為なんだけど…」と言ってもう一口ビールを飲んだ。

「俺にあんな事出来るのかな。俺、あんな風に上手にあたって、あんな迫力のある交渉なんか出来ない気がしてさ…」と自信なさげな表情を浮かべた。

すると俊さんは「お前、何ビビってんだよ！　実際の現場を見て怖くなったのか！この腰抜け野郎が！」と言って大声で笑った。

俺はその俊さんの笑顔を見ると、期待と不安の入り混じった複雑な気持ちが少しだけ楽になった。

「ま～不安になる気持ちは分からないでもない。俺も初めの頃は、不安で仕方がなかった」と言って急に深刻な表情を浮かべた。

「俺もデビュー戦は散々だった。あたる直前でビビっちまって、思いっきり車を避けてその勢いで壁に激突して右手の薬指を捻挫しちまった。お蔭でなけなしの金が、全部病院代で吹っ飛んじまった」と苦い表情を浮かべた。

「やっぱり幾らタイミングを見計らっても、直前でどうしてもビビってしまう。でも持ち金がすっからかんになった時に、もうどうにでもなれという開き直りに近い気持ちになってな。それからは、ビビりも収まって上手くいくようになった」と笑いながら旨そうにビールを飲んだ。

「へ～俊さんも最初はうまく行かなかったって訳か」と言うと「あたりめ～だろ！野球みたいに小学生からやっていた訳じゃね～んだからよ！」と言ってビールジョッキを勢いよくテーブルに叩きつけた。

　そして「とにかくこれだけは言っておく。あたり屋ってヤツは、ビビったら負けだ。もうその時点で負け。ゲームセット。いいかよく聞け、あたるのが怖くなったら負けなんだよ。そうなったら、もうあたり屋なんて辞めちまったほうがいい」と言ってギョロっとした目で俺を睨みつけた。

「あたるのが怖くなったら、もうその時点であたり屋じゃねぇ」と言ってまた俺を睨みつけた。

「その後の交渉なんざ、相手の方がビビっているから楽勝よ。大概はこっちの言いなりだ。何しろこっちは被害者だからな。痛い痛いって騒げば何とかなるもんさ」と言ってニヤリと笑った。

「まあ、あたり屋ってヤツは、あたるタイミングを計る運動神経と、その後の知的な交渉力を求められるって訳だ」

「俊さん、そんな、野球もうまくて勉強も出来る子みたいに美化しないでくれよ」と言って俺は笑った。

「まあ、とにかく、あんまり考え過ぎるな。やりゃ〜何とかなるって。だからやりながら考えろよ、そう、正にあたりながら、地面に叩きつけられながらな。ただ、さっき言ったことは絶対に忘れるな。あたるのを怖がったら、その時点でお前は負けだ」と言ってビールを一気に飲み干した。まるで自分自身に言い聞かせるように。

「分かったよ、俊さん。そんな怖い顔するなよ。分かったからって」

「そうか、ならいいや。もうこれ以上は何も言わねえ。後はお前が考えろ。そうだ悪いけど厚揚げが食いてえ、厚揚げと生ビールを頼んでくれや」と言っていつものいたずらな表情に戻った。

「あたるのが怖くなったら終わりか。確かにそうだよな。あたってなんぼだもんな。俊さん、色々と講習の文句ばかり言って悪かったな。俺、少し甘く考え過ぎていたのかも知れない。自分の事だもんな、俊さんの言うように、自分なりにあたりながら色々と考えてみるよ。ただ、これからも相談には乗ってくれよな」と言って真剣な表情を浮かべた。

俊さんは無言で頷き、うまそうに厚揚げを頬張っていた。

そして「これからは、お前の交通誘導員としての経験も重要になるぜ。何しろ物凄い数の交差点や道路を見て来た訳だからな。俺も一緒に分析するから、そこは二人で協力しようぜ」と言って不敵な笑みを浮かべた。

実際に、その言葉には嘘偽りはなく、俺たちは俺の情報をベースに俊さんのプロの分析を加えながらあたる場所を検討した。

そしてその成功確率は非常に高く、俺は改めて俊さんの凄さを感じる事となった。


意外と楽しかった俺のあたり屋夏期講習会はこの日で終了した。

俺は俊さんのおかげであたり屋として、小さな一歩を踏み出すことが出来たように思えた。そこに関してはもう感謝しかない。

本当に小さな一歩だったが、俺は大いに満足していた。

恵理子たちと別れてから、初めて前に進む事が出来たように感じたからだ。

社会的に見れば、当然褒められる事ではなく、考え方によっては、やろうとしている事自体は、むしろ後退する行為になるのかもしれない。

でも俺の深い闇の中にある精神的な問題の中では、間違いなく前に進んでいた。

恵理子と別れてから、俺の精神的な問題は、深い闇に厚く覆われていた。でも今は違う。闇の中から、確かな一筋の光が見えるのだ。細くか細い光ではあるが、間違いなく俺を照らしている。今にも消えそうな光が間違いなく。

〈Thanks for you〉

俊さんのあたり屋夏期講習から、三年半の月日が経った。

ここ一年間は、何とかあたり屋の収入をメインに生活を成り立てる事が出来ていた。

最初の一、二年は、失敗ばかりで相当に辛い思いをした。

車のスピードとブレーキのタイミングが上手く摑めずに、何度も激しくぶつかり、何度も激しく地面に叩きつけられた。

逆にタイミングが早過ぎて、ブレーキが間に合ってしまい、当たる振りをすることが出来ない事も多々あった。

また上手にあたれたとしても、相手にどうしても警察を呼びたいと粘られ、交渉が上手くいかないケースもあった。警察を呼ぶと言われると、罪悪感からどうしても動揺が先走ってしまう。

ただ心の動揺は相手も同じだったのか、交渉が失敗するケースは、当初の想定程は多くなかった。俊さんの教え通り、最初のうちは横断歩道で、当たっていたせいもあるかもしれない。

俺の罪悪感から来る動揺以上に、相手の罪悪感が上回るのだろうか。上手く演技が出来れば、成功する確率が極めて高かった。

まずは大げさに痛がり、そして病院に行きたいと言えば、大概の場合タクシー代と病院代くらいは現金で差し出すケースが多かった。

ただ、どうしても罪悪感がついて回り、その対策には苦慮した。

俊さんから言われた通り、主婦とサラリーマンをターゲットにしていたが、主婦だと思って当たると初老のお婆さんだったりした事もよくあった。

そんな時は、罪悪感に苛まれ、とてもじゃないがお金を受け取る事など出来なかった。

俊さんが老人の運転している車は、止めておけと言っていた意味が、その時ようやく理解出来た。

その罪悪感を気にしているうちは、プロではないと思い払拭しようと努めたが、途中からそれを止めた。

何故なら、この罪悪感こそが、俺が人間である事の証のように思えてならなかったからだ。この罪悪感がなくなってしまったら、俺はどういう人間になってしまうのだろうか。

そう考えると、むしろこの罪悪感がなくなる事の方が怖く思えた。人間ではなくなってしまうように思えた。

あたり屋行為を行っている時点で、もう既に俺は全うな人間ではない。間違いなく詐欺師だ。

ただ、罪悪感を感じている内は、生物学上は人間に分類されているような妙な安心感を覚えていた。

肉体的には、どうしても、正に全身傷だらけの日々がしばらく続いた。

成功する確率が低かった為、当たる回数をどうしても増やさなければならなかった。そして何度も何度も地面に叩きつけられた。

しかし俺は、何度地面に叩きつけられようとも、たった一度もあたり屋を辞めたいと思った事はなかった。

肉体的な苦痛は絶え間なく続いたが、精神的な苦痛は全くと言っていいほど感じなかったからだろうか。

そして何より一つ間違えば死に直結しかねない、生と死の狭間で生きるこの瞬間が、むしろ心地良く感じられていた。

正に一瞬だが、生と死の間に身をゆだねる瞬間に沸き起こる、あの緊張感と生命感。この妙な感覚は、恐らくあたり屋以外では感じる事は出来ないだろう。

車にあたりに行く度に、一瞬死を覚悟する。そして、車にうまくぶつかれずに激痛を味わう事もあるが、その激痛を感じる事により俺は、いつも何故だか妙な安堵感を覚えていた。その度に、いつもこう思っていた。「ああ、こんな俺でもまだ生きている、まだ生きる事を許されているのだ」と。

激痛こそが、自分が生きている事を確認出来る唯一のバロメーターになっていた。恵理子と別れてから、ある意味、過去の俺は死んでしまったのかもしれない。だから今生きているように思える自分が、本当に生きているという実感が持てなかったのだろうか。

でも、激痛は自分がまだ生きている事を確実に伝えてきた、心の痛みとは全く違う意味合いを持って。瞑想や妄想ではなく、確かな現実だけを俺に伝えてくれた。

ただ一つだけはっきりしない事があった。

それに関しては、いくら考えても答えは出なかった。

「いったい俺は、誰に生かされているのだろうか」

あたり屋をやって一番驚いたのは、当て逃げの多さだった。

あたり屋の性質上、軽く接触して大袈裟にこけるのが理想になる為、運転者が本当に気付かない時も当然あると思うが、明確に気付いていながらさっさと走り去っていく車の多さには俺が言うのも何だが、世も末だと思うことが何回もあった。

それこそ、そいつに罪悪感があるのか疑わしい気持ちで一杯になった。あたりに行っている俺には、こんなにも罪悪感があるというのに。


あたる場所は、三年間の交通警備員のバイトで得た経験が役に立った。

俊さんが言うように、工事現場を転々としたおかげで、色々な交差点の場所や、その交差点の交通量、混雑する時間帯等についての情報が俺にはあった。

俊さんにも何度かその情報を流した。

そして俊さんは、実際にその場所に向かい、自分の経験と照らし合わせて、その場所の評価を下した。

「う〜ん、あの場所な悪くはないんだけど、道幅が広いから車に避けられて、あたるにはちょっと難しいかもしれないな。それより、お前がいまいちだと言っていたあの駅の反対側の交差点。確かに大通りに向かう方向からは、見通しが良すぎてブレーキを踏む余裕が出来てしまうが、裏通りに向かう方向からは、少しカーブしているから、かなりあたり易いかもしれないぞ」といった具合に俺の情報をベースに、俊さんの経験則が加わり、まさに絶好の場所を二人で分析した。

そしてその絶好な場所を探しては、バスや自転車で転々と回った。

プロ入り二年目までは、あたり屋だけの収入では生活が出来なかった為、生活が苦しい時は交通警備員のバイトで凌いだが、三年目の去年は、ほとんどあたり屋の収入だけで生活をすることが出来た。

あたり方も徐々に上達して、以前ほど全身傷だらけになる事も少なくなっていた。

これも全て俊さんの指導のおかげだと心から感謝した。


俊さんとは、あれからも定期的に会って情報交換という名の単なる飲み会を、頻繁に繰り返していた。頻度は大体週に二～三回程度だった。

俺にとっては、俊さん以外に友人はいなかったから、誘われれば断る理由もなく、それは俊さんも同じだったのか俺が誘えば断る事は絶対になかった。

そして何より俊さんと、飲んでいると理屈抜きに楽しくて仕方がなかった。

このおっさんと飲んでいると、自分があたり屋という詐欺行為をしている罪悪感が不思議と和らいでいった。

もちろん俺なりにポリシーを持ってあたっていたが、やはり何処かどうしてもぬぐい切れない罪悪感が心の奥底に残っていた。

でも俊さんの更なる強烈なポリシーに触れると、そんな小さな罪悪感は、いつの間にか俺の心から消えていった。

罪悪感を持つことは、人として大切なことであるとは思っていたが、それに悩まされる事は避けたかったので、そこは俊さんに救われていた。

ある時など「俺はな、世間を良くしたいから、当たっているんだ。俺たちに当たって、そりゃ〜運転手は幾らかの金を支払う事になる。でもそんな金はたかが知れている。はした金だ。本当の交通事故なんか起こしたら、あんなもんじゃ済まない。場合によっちゃ、人の命を奪い、金だけじゃ解決出来なくなってしまうかもしれない。運転手は俺たちに当たって、改めて安全運転の大切さを知る。だから俺は当たり続ける」と熱く語っていた時があった。

言ってみればあたり屋行為は、警察の取り締まりの罰金とほぼ同じ位置付けにあると。

俺はその時、もし「財団法人　日本あたり屋協会」なるものが、この世に存在していたならば、会長の座に就くのはこの人しかあり得ないと思った。

そんなあたり屋を始めて三年半後の寒い二月の夜に、俊さんから一本の電話が掛かってきた。

俺は瞬時に間違いなく飲み会の誘いだろうと判断し、時計を見たが既に午後九時を回っていた。

電話に出ると俺は「どうしたの俊さん、何処で飲んでいるの。でも今日は無理だよ、止めておこうよ、だってもう九時だぜ。それにさっきゴミを出しに外に出たら尋常じゃない寒さだった。明日にしようよ、明日なら時間作るからさ」と言って断ったが、どうしても今日渡したい物があるから、例の歯医者のでかい看板のある交差点まで来てほしいと譲らなかった。そして時間は取らせないとも約束してきた。

俺は俊さんの声が、どこかいつもより小さく聞こえたのが気になり、歯医者の看板がある例の交差点まで自転車を走らせた。

交差点に近づくと、歯医者の看板の照明に照らされて、看板の前で座り込んでいる俊さんの姿が確認出来た。俺は歯医者の看板の横に自転車を止め、俊さんの近くに行った。

俊さんは俺の顔を見ると「おー」と一言小さく呟いた。俺は「なんだよ俊さん、酔い潰ぶれちまったのかよ。こんなになるまで一体何処で飲んでいたのよ。しょうがないな～、もういい歳なんだから、気をつけてくれよ。今日は俺のアパートに泊まっていいから。飲み足りなきゃ、俺のアパートで一緒に飲めばいいさ。さあ寒いから早く行こうぜ、こんなところで風邪でも引いたらどうするの」と言って俊さんを両手で抱き起そうとした。

とその時、俺は両手に妙な違和感を覚えた。なんだろうと思い、両手を見ると大量の血が付いていた。

その時風が強く吹き、冷たい北風が俺の横顔を思い切り叩いた。

俺は一瞬何が起こっているのか、全く理解出来なかった。暗くてよく分からなかったが、改めて俊さんの姿を良く見ると、おびただしい量の血が衣類に付着していた。

そしてその大量の血は、周辺にまで及んでいた。

俺は気が動転しながら「おい！　俊さん！　どうしたんだよ！　何なんだよこの血は！　何があったんだよ」と大声で叫んだ。

俊さんは小声で「いや〜失敗しちまってな…最近稼ぎがわり〜から、思い切って夜あたってみたんだが…そしたらこのざまよ…あたってこけたまでは良かったんだが、反対車線の対向車が全く見えなくてな…」と消えそうな声で話した。

そして「しかも当て逃げだ…」と皮肉な笑みを浮かべた。

風がまた一段と強く吹き荒れ、周辺の枯葉が一気に舞い上がった。

俺は全く納得がいかず「夜は絶対にやるなって、俊さん一番最初に俺に教えてくれたじゃないか！　なんで！　なんでなんだよ！　何で自分のポリシーを崩しちまったんだよ！　ポリシーが一番大切だって、あんた自分で言ってたじゃね―か！　何なんだよ！」と泣き叫んだ。「頼むよ！　何やってんだよ、あ―まったく！　しっかりしろよ！」と狂ったように叫び続けた。

月の青い光が俺の背中に突き刺さり、まるで心が切り裂かれているようだった。俺はその時、突き刺さる青い光に激しい痛みさえも覚え、苦しくて苦しくて仕方が無かった。

そして「ああ、もういい！　すぐ救急車を呼ぶから！　俺が絶対になんとかする！」と気が動転しながら携帯電話を、ポケットから取り出した。

すると俊さんはコートの内ポケットから、表紙に「ＴＯＳＨＩ」と書かれている、いつも持ち歩いている汚いノートを取り出した。

そして「これ…」と言って俺にその汚いノートを無言で差し出した。

その目はいつも通りギョロっとしていたが、月の青い光を浴びてどことなく優しく感じられた。こんな俊さんの目を見るのは初めてだった。

俊さんはノートを俺に手渡し、一瞬何か話したい表情を浮かべたが、月の光を浴びながら、静かにそのギョロっとした目を閉じた。

俺はノートを受け取り、急いで救急車を呼んだ。

月の青い光は、相変わらず俺の背中を突き刺し続け、胸の痛みはさっきより強く感じられた。

十分後に救急車が到着して、俊さんは近くの緊急病院に運ばれたが、そのギョロっとした大きな目が開く事は二度となかった。

〈The Offer〉

俊さんが轢かれて死んでから三ヶ月の月日が経った。

俺はあの事故の翌日から、何度も近くの警察署に所属する矢島という刑事から、呼び出しを食らっていた。

「なあ、いい加減正直に教えてくれよ」と矢島は下から俺を見上げるように睨んだ。サラリーマン時代に上から俺を見下すように話す奴は沢山いたが、この矢島のように下から人を見下す奴は初めてだった。

俺は「さっきから知らないって言っているじゃないですか。俊さんと俺は、飲み屋で知り合った単なる飲み友達で、プライベートの事は全く知らない。お互いそこには干渉しなかった。干渉する理由がなかった」と矢島の目を何度も睨みつけた。

「おいおい、怖い目をするなよ。俺は職業柄、真実を知りたいだけだ。あの俊夫という男は、調べれば調べるほど不可解な点が多過ぎる。何しろここ十数年、全く働いた形跡が無い。どうやって毎月のアパート代と食費、そして自称飲み友達のあんたとの飲み代を、稼いでいたというんだ！」と少しイラついた様に大声で俺を威圧した。

俺は「それは貯金を切り崩したり、肉親や親族から金を借りたりしていたんじゃないですか？　あとサラ金とか」ととぼけて返答した。

矢島は「おい、警察なめんなよ。こっちだってそれくらいは調査済だ。やつの両親はとっくに亡くなっていた。しかも借金を残してな。親族とは全く付き合いはなく完全に疎遠状態だ。正に孤立無援だ。サラ金を利用した形跡も全くない」と言ってイライラしながらボールペンを机に叩きつけた。

俺は「じゃー、パチンコとか麻雀とか競馬とかギャンブルが得意だったんじゃないですか。パチンコの話は何回かした記憶がある」と冷静に返答した。「それも調べた。確かに近所のパチンコ屋での目撃証言は得られた。だが大勝ちしている所は誰も見ていない。いつも五千円位負けて文句を言いながら、不貞腐れて帰っていったそうだ。そして奴が死んだ時の全財産がいくらかだったか知ってるか！　たったの一万五千円だぞ。それでどうやって生活出来るっていうんだ！」と相変わらずイライラしながら大声を上げた。

確かに俊さんは、死ぬ間際に稼ぎが苦しかったと言っていた。それにしても一万五千円とは。もっと早く金が無い事を俺に言ってほしかった。そうすれば、こんな事にはならずに済んだのに。

でもそこには、俊さんなりのあたり屋としての強いポリシーがあったのかもしれない。あたり屋として、やれることは全てやって、それでもだめだったら俺の所に金を借りに来たのだろうか。

今となっては、それさえも定かではないが。

突然涙が溢れ出てきた。

矢島は俺のそんな姿を見て「なんだ、泣いているのか。奴とあんたは本当に飲み友達という関係だけだったのか？　悪いが、あんたのことも少し調べさせてもらったよ。あんた、四年前くらいまで、半導体装置の商社マンとして二十五年間も働いていたんだな。そして、会社を辞めてからは、交通警備員のバイトをしているが、ここ一年位は、ほとんどバイトもしていないな」と手帳をめくりながら不可解そうな表情を浮かべた。

俺は慌てて「矢島さん、あんたに交通警備員の仕事のあの過酷さが分かるか？　あの夏の猛暑の苦しみが分かるか？　あんたに一体何が分かると言うんだ！」と言って机を叩き「もういいでしょう。俺も生活する為に必死なんだ、帰らせてくれ」と言って席を立ちあがった。

矢島は「まあ、今日はもういい。ただこれだけは言っておく。奴の死因は内臓破裂による出血死だ。金に困って自殺の線もあり得るが、事故と事件の両方で捜査が続く以上、あんたは重要参考人だ。あんな無職の男が死のうがどうしようが、俺は全く興味が無い！　ただな、どうしても犯罪の臭いがプンプンするんだよ！　お前は絶対に何か隠している！」と激しく威嚇した。

俺は矢島を睨みつけドアを思い切り閉めて取り調べ室を後にした。


それから一週間後、俺は久しぶりにあたり屋をやりに街に出た。

矢島に目を付けられてからは、あたり屋をやるのをしばらく控えていた。あいつの事だから、いつどこで俺を尾行しているか分かったもんじゃない。迂闊に奴の包囲網に易々と飛び込む訳にはいかない。

俺は自分のテリトリーの中で一番遠い場所を選んだ。電車に乗り二駅先の駅前商店街の路地裏の交差点で、あたり屋を久しぶりにやる事に決めた。

この路地裏の交差点は、俊さんとの情報交換で、最初に教えてもらった場所だった。

その時の情報交換の飲み会で、この路地裏の交差点の場所をもったいぶって中々教えてくれなかったことを思い出した。

「いや～お前、あの場所はいいぜ！　車の通りは結構多いわりに、商店街の裏通りだから通行人が少ない。交差点付近をうろうろしていても全然怪しまれない。しかもなだらかなカーブになっていて、車はスピード上げられないし、人の姿を確認するのも少し遅れる。いや～教えたくね～な～、ん～どうしようかな～、今日おごってくれね～かな～？　だめかな～？　だめなら教えたくないいな～」と何気に支払いをせがまれた。

あの時のおっさんの、見苦しいおねだりを今でも鮮明に覚えている。飲み代は、結局俺が全額支払った。

今朝、俊さんからもらった汚いノートをパラパラと眺めていたら、「あたる場所リスト」と分類された項目を見つけた。そして赤鉛筆で、この場所の書かれたページに、大きな二重丸が記されていた。

俺は俊さんが、見苦しいおねだりをしながら、最高の交差点だと熱弁していた場面を懐かしく思い出しこの場所に向かった。

そして交差点に到着すると、辺りを軽く見回した。なるほど、俊さんが言っていた通り交差点の手前まで緩やかなカーブが続いており、微妙に見通しが悪い。都心の裏道は直線が多く、こういう緩やかなカーブは珍しい。

確かにあたり屋にとっては、最高の交差点だ。

俺は交差点から三十メートルくらい離れた地点から、交差点を見つめて歩きながら車から視界に入る景色を確認した。

「う〜ん、確かにいい」と小さく呟いた。

ただし、この車からの視界だと交差点で人を確認した時、少しだけブレーキが遅れる筈だ。そこを計算に入れないと、大変な事になる。

しばらくの間、俺は車が通過するたびに、何度も何度もあたるタイミングを計った。そしてタイミングが完全に理解出来たと確信した時、赤い乗用車が走って来るのを確認した。

運転手は専業主婦と踏み、タイミングを見計らって、ふらっと交差点に飛び出した。赤い乗用車は、俺の想定以上にブレーキが遅れ、少し強めにあたったが、俺は派手に転んでその場に倒れ込んだ。赤い乗用車は、一瞬交差点の先に止まったが、すぐに何もなかったように走り去っていった。

俺は「おい！　ちょっと待てよ！」と怒鳴ったが、車は全く止まる気配を見せなかった。

俺は「チクショー！」と地面に毒づきなら起き上がった。今日はついていない。俺たちで言うところの、いわゆる当て逃げだ。

あたり屋にとって、一番あってはならない事だが、残念ながらたまにある。

俺は肩を落とし今日はツキが無さそうなので、帰るかと思い交差点から立ち去ろうとした時、横から「あの～すみません」と誰かが俺に話し掛けてきた。

俺が振り返ると四十歳前半くらいのメガネを掛けた、やせ型の男が立っていた。

俺は一瞬、矢島が仕向けた刑事かと思い、男を無視してその場を素早く立ち去ろうとした。

すると男は、俺を追いかけて「あ、すみません、怪し者ではございません」と言って名刺を差し出した。名刺には「株式会社東洋シネマ製作所 チーフプロデューサー安井 信孝」と書かれていた。どうやら、矢島の手下ではなさそうだ。

俺は少し安心して名刺を受け取ると「俺に何の用だ」と冷たく尋ねた。

安井はニヤニヤしながら「実はさっき、あなたが車にひかれる所を、近くで一部始終見ていたんですよ。あ、ひかれるというより、あたりに行ったという方が正しいのかな。いや～見事な演技でしたね。軽く感動してしまった。あなた、あたり屋ですよね？」と相変わらずニヤニヤしながら話した。

俺は一瞬ドキッとした。「しまった、周囲の確認が甘かった」と深く後悔した。あたるタイミングに気を取られ、こいつが近くにいたなんて全く気が付かなかった。

そしてこいつは、俺をあたり屋と知りながら声を掛けてきた。

俺は、直感で何か面倒なことに巻き込まれる予感がして、再び無言でその場を立ち去ろうとした。

すると安井は「あ～ちょっと！　ちょっと待ってくださいよ、私の話を聞いてくださいよ」と言って俺の前に回り込み行く手を遮った。

「とにかく話を聞いてください。あなたにとって決して悪い話じゃないと思いますよ。実はね今、この夏に上映する映画の撮影をしている所なんです。今流行りの刑事モノなんですがね。その中のワンシーンでベテラン刑事が、人質を乗せた犯人の車を、身体を張って止めるシーンがあるんですよ」と少し早口にまくし立てた。

そして「丁度今そのシーンの撮影をしているんですがね、どうしても納得したものが撮れないんですよ。このシーンは、ストーリーの中でもかなり重要なシーンなのです。ベテラン刑事がひかれるのを見て、主人公の若手の刑事が、怒りと正義感に震えながら犯人の車を猛然と追いかける」と少し自分に酔った様子でストーリーを説明した。

安井は更に真剣な表情で「あなたの先ほどの演技を拝見させて頂いた。素晴らしい演技だった。あのリアル感があのシーンには、ど～しても欲しいんです！　必要なんです！　あの大袈裟なくらいの躍動感が！」

そして「お願いします！　何とか私の映画に出演してもらえませんか！」と頭を下げて真剣な表情で訴えかけて来た。

俺は相手にせず立ち去ろうとすると「あ～ちょっと、ちょっと待ってください！　いいですか、出演料は十万円払います！　しかも即金で！」と言いながら立ち去ろうとする俺の肩を掴んだ。

俺は思わず立ち止まった。

十万円か…悪くないオファーだ。この商売、どんなに上手くあたっても、さっきみたいに、無残に当て逃げされることだって珍しい事じゃない。一回あたるだけで十万円。確かに悪くない話かもしれない。

俺は「でも、十万円も払えば、そこそこ有名なスタントマンが雇えるんじゃないのか？」と尋ねた。

すると安井は「いや〜今時は十万円位じゃなかなか…もっと払えば別なんでしょうけど、うちみたいな、弱小企業は予算もショボくてね。そもそも今回の映画だって、会社は全国上映を目標にしていますけど、有名俳優を雇う金も無いんで、とてもとても…でもね私は、この作品に全身全霊を掛けているんです！　絶対ヒットさせてやる！」と作品に対する熱い思いを語った。

俺の心は、グラグラと揺れていた。「映画出演か…こいつの作品に対する熱い思いなんて、はっきり言ってどうでもいい。問題は金だ。一回十万円…う〜ん、どうしようかなぁ。最近、稼ぎもイマイチだし」と熟考した。

「撮影時間は、どれくらいなんだ？」と尋ねた。

すると安井は「そうですね〜、リハーサル含めて2時間くらいかなぁ。あ、もちろん1発でOKの場合ですけどね。NGが多い場合はそれなりに時間は掛かりますよ」とニヤニヤ笑いながら答えた。

俺は「ふざけるな、もちろん一発で決めてやる」と少し威圧気味に言い放った。

安井は「え！　じゃあ出演OKですか！」と驚きの表情を浮かべた。

俺はゆっくりと頷き了承の意思を伝えた。

そして明日の撮影場所と集合時間を俺に告げると、安井はそそくさと立ち去って行った。

俺はしばらくその場に立ち止まり、今回の映画出演についての是非を考えた。

何かどこかしっくりこない感覚を覚えていたからだ。

この俺が映画出演か…でも十万円は非常に魅力的なオファーだ。予算が少なそうだったから、どうせろくな映画になるはずはない。

それに初対面だが、あの安井という男も大した奴では無さそうだ。こんな男が作る映画なんて、どうせたかが知れている。割り切ろう。一回あたって十万円が約束される。「割り切ろう」と自分に何度も言い聞かせ、どこかしっくりこない感覚を紛らわせた。

〈Street corner of anger〉

撮影当日、俺は少し早く目覚めた。

やはり少し緊張しているのかと思い、冷静に自分の精神状態を分析してみたが、残念ながら全く緊張はしていなかった。

何しろ俺の職業はあたり屋だ。車にあたる時は、いつも一瞬死を覚悟している。それに引き換え、今回の仕事は完全なる演技をすればいいだけだ。死ぬことなんて絶対にあり得ない。生命を完全に守られた空間で、ひかれる演技をして十万円。

安井が言うように、こんなにいい話は中々ないと思えた。

ただ一つだけ、昨日から引きずっている、どこかしっくりこないこの違和感だけは、結局撮影当日を迎えても消える事はなかった。

約束の時間の十五分前に撮影現場に到着すると、安井が俺を笑顔で歓迎した。

「いや〜ちゃんと時間通りに来てくれましたね。ありがとうございます。実は昨日、本当に来てくれるのか少し心配していたのですよ。期待していますよ！　お願いしますね。じゃあっちで着替えてもらって三十分後に、リハーサルに入るので！」と言って別の出演者の元へペコペコ頭を下げながら向かって行った。

俺は着替えを済ませ、撮影現場に戻った。衣装は白いワイシャツにネクタイ、更に背広の上にベージュのロングコートという、いかにも刑事といった衣装だった。

そろそろ初夏を迎えようかというこの季節にネクタイにコートはさすがに辛く、さっさと撮影を終わらせてアパートに帰りたい気持ちで一杯になっていた。

そして安井から、撮影の説明が始まった。「え〜、このシーンですが、逃亡した二人組の犯人が運転する車を確認したベテラン刑事と若手刑事が、銃を撃とうと構えるが、人質の子供の姿を確認して銃を下げる。刑事二人は、どうすることも出来ず、ベテラン刑事が最後の手段で身体を張って車を止めようとするが無残にも轢かれてしまう。父親のように慕っていたベテラン刑事のその無残に轢かれる姿を見た若手刑事は、怒りに震え、通り掛かったバイクを借り猛然と犯人を追いかける！」と熱い口調でシーンの主旨を説明をした。

「いいですか！　このシーンはこの映画の中で凄く大切なシーンです！　皆さん、気合を入れてお願いしますよ！」と大きな声で全員に激を飛ばした。

「それから犯人の運転する車のスピードですが、最初は時速60㎞で走ってきます。そしてベテラン刑事が轢かれるシーンの手前で30㎞に減速します」と言って俺を見た。

俺は大きく頷き了承の合図を安井に返した。30㎞か、楽勝だ。しかも減速する位置まではっきりしている。こんなの目をつぶっても出来る。とにかくこんな仕事とっとと終わらせて、アパートに帰ってビールでも飲みたいという気持ちが俺を支配し始めていた。

そして、リハーサルが終わりいよいよ本番の準備が始まった。

安井は現場のＡＤを少し離れた場所に呼び出した。「いいかよく聞け、さっきの説明で車のスピードは60㎞から30㎞に減速するように指示したが、減速せずに60㎞のまま突っ込むように運転手に指示しろ」と小声で告げた。

　ADは「え！　そそれは…でもそんなことしたら…」と言って口をつぐんだ。すると安井は「いいんだよ。いいか、お前は知らないかもしれないが、あいつの正体は正真正銘のあたり屋だ。要するに詐欺師だ！　社会の悪だ！　クズだ！　ペテン師だ！　そんな奴が死のうが大けがしようが世の中には全く影響はない。撮影現場のよくある事故で社会は納めてくれる。そんな事よりも、ここでいかに迫力あるシーンを撮影する事のほうが俺たちにはずっと大切だ！　いいか、この映画には社運が掛かっているんだぞ！　この映画が失敗したら、会社がどうなるかわからないんだぞ！」と怒鳴り、現場ADを運転手のもとへ急いで向かわせた。


　その頃、俺と若手刑事役の俳優は現場で待機していた。

　若手俳優は、少し申し訳なさそうな表情を浮かべながら、俺に話し掛けてきた。

「すみません、今日初めてお会いするのにろくに挨拶も出来てなくて。改めまして共演させて頂く前沢と申します。今日はよろしくお願いします」と丁寧に頭を下げて挨拶をしてきた。

　俺は今時の若い奴にしては珍しいマナーの良さに好感を持ち「こちらこそよろしく」と軽く会釈をした。

若手俳優の丁寧な挨拶に気を良くし「俺はテレビなんてもんは、全く観てないんだけど、結構テレビなんかには出ている人なの？」と尋ねた。

するとと笑いながら「いやいや」と大きく手を横に振った。

「二時間ドラマなんかのチョイ役で、二～三回出た事があるくらいですよ。ただ今度、全国ネットの連続ドラマの出演が決まって。でも聞いてください、全二十四話で私が出るのは、たったの三回なのです。しかも超どうでもいいチョイ役です。笑っちゃうでしょ。だから、今回の映画で主役の話が来たときはもう信じられなくて！」と嬉しそうに答えた。

俺はこの若手俳優に大いに好感を抱き「いいじゃないですか、チョイ役だって。一生懸命演じれば、きっとあなたの良さは視聴者に伝わりますよ。頑張ってくださいね」と心からのエールを送った。

若手俳優は「ありがとうございます。そうだと良いのですが…でも…最近、故郷のお袋が体調を壊してしまって。だからあと二年間だけ頑張って目が出ないようであれば、故郷に帰って就職しようと決めているんです。故郷は田舎なのであまり就職先もありませんが…あ、なんかすみません、初対面の方にこんなプライベートの事までべラべラしゃべっちゃって。ほんと、すみません。何か久しぶりに故郷の親父と話しているみたいな感じになっちゃって」と少し恥ずかしそうにはにかんだ。

俺のこの若手俳優に対する好感度は更に大幅UPした。

今時、こんなにご両親を大切にする若者は珍しい。

自分の生き方にしっかりとした信念と責任を持っており、そしてなによりも、こんなに男前なのに謙虚なところがまたいい。こんな男は是非とも俳優として大成して欲しいものだ。

俺は「本当に頑張ってくださいね。こんな俺だけど、陰ながら応援していますよ」と自分の本当の気持ちを伝えた。

若手俳優は「ありがとうございます。あなたに励まされて何かすごく嬉しいです。うまく言えませんが、何か嬉しいです。ところで、あなたも役者を目指しているのですよね？」と俺に尋ね掛けてきたその時、現場ADの「は～い！　シーン十撮影スタートしま～す！　スタンバイお願いしま～す！」という少し甲高い声が辺りに響き渡った。

周囲に緊張感が走る中、犯人が運転する車がこちらへ向かって来るのを確認した。俺たちは銃を構へ犯人の車を待った。

そして、人質を確認すると銃を下ろした。

車が俺たちに近づいて来る。俺はタイミングを見計らって両手を広げて車を静止すべく道路に出た。

ここで車のスピードが60㎞から30㎞に落ちるはずだったが、全くスピードは落ちず、車は猛然と俺に突っ込んできた。

俺は「やられた」と呟きながら犯人の運転する車に轢かれ、ぶざまに吹っ飛んだ。

辺りに一瞬静寂が走った。

一体何が起こったのか周囲は理解できずに呆然としていた。

その直後、若手俳優が後方から走ってきたバイクを止めて、「ふざけんな！　バカヤロー！」と大声で叫びながら満面に怒りの表情を浮かべて犯人の車を追い、バイクにまたがり猛然と走り出した。

「ふざけんな！　バカヤロー！」というセリフは台本には載っていなかった。若手俳優から自然とこみ上げて来た怒りの感情で、完全なるアドリブだった。

ここで、このシーンの撮影が終了した。

終了と同時に現場ADが「大丈夫ですか！　すみませんでした！　ごめんなさい！あ～どうすりゃいいんだ！」と半べそをかきながら、倒れている俺のそばに走ってきた。

俺は「なぜ泣く？　なぜ謝る？」と言って何もなかったようにすくっと立ち上がった。

現場ADは、今、目の前で起こっている現象がよく理解できず「え？　だ、大丈夫なんですか？」と少し震えながら疑心暗鬼の表情を浮かべた。

俺は「大丈夫に決まっているだろ。あの程度のスピードで怪我なんかしねーよ」と言って現場ADの顔を睨みつけた。

そして「そんな事より、お前はなぜ泣いた、そしてなぜ俺に謝った」と厳しく問い詰めた。

現場ADは、泣きながら安井の指示で、スピードを落とさなかった事を俺に明かした。なるほどそういうことか。まあ所詮、安井などという男は、その程度の男だろうと思っていたから俺は何の違和感も感じていなかった。直接会って、文句のひとつでも言ってやろうかと思ったが、そんな事をする価値もない男だと思ったので止めた。時間の無駄使いにしか思えなかった。

夕日が少しずつ沈み始めるのが目に入った。

俺は早くアパートに帰って、ゴロゴロしながらビールでも飲みたい気分になり、着替えを済ませ、さっさと家路へ急いだ。

もう二度と安井に会うこともないだろう。今思えば最初に会った時から、どこか信用出来ない雰囲気を醸し出していた。60㎞であたってほしいなら、「何とかいい映画を撮りたいのでお願いします」と最初から言えばいいのに。そうしたら俺は恐らく快く引き受けただろう。自分に自信がないから、人を騙すような手口しか出来ないのだろう。

俊さんが生きていたら一体何て言ったかな。まあ俺としては、十万円さえもらえれば何の文句もない。

そしてどうせあんな、約束もろくに守らないポリシーのない男が作った映画なんてヒットする筈はない。

そう思いながら、俺は家路へと向かうバスに乗り込み最寄りの駅に向かった。

普段やり慣れていない事をやったせいか、妙な疲労感を感じていた。

家に帰って食事の支度をするのも面倒に感じ、今日は駅周辺の居酒屋で、一杯飲んで帰る事に決めた。

バスで駅に到着すると、電車に乗り換えてアパートのある駅で降りた。

そして駅周辺を歩きながら、目ぼしい居酒屋を探した。

商店街を抜けると飲み屋街が始まり、何軒かの居酒屋が軒を連ねて並んでいた。

その前を歩いていると、一軒の海鮮居酒屋の看板が目に飛び込んできた。

俺はここだと踏んで、自分の直感を信じて暖簾をくぐり店に入った。

店内は小奇麗な雰囲気で、店全体から活気を強く感じた。

若くて威勢のいい店員から、カウンター席に案内され生ビールを注文した。

少しすると、生ビールとお通しが到着した。生ビールを一口飲むと「はぁ～」と思わず声が漏れた。非常に旨かった。緊張をしていないようで、やはり少し緊張はしていたのだろう。心なしかアルコールが回るスピードも早く感じた。

俺は一杯目の生ビールを飲み干すと、二杯目の生ビールと刺身の盛り合わせを注文した。

二杯目のビールが届き、少し経って刺身の盛り合わせが届いた時、「よう」と言う声が隣から聞こえた。

俺が隣を向くとそこには、あの刑事の矢島がぼんやりと相変わらずのしかめっ面を浮かべ佇んでいた。

矢島はカウンターの椅子を引き、俺の隣に座って瓶ビールを注文した。

俺は相当に動揺していた。「なぜ矢島がここに。もしかしたら、俺と俊さんの正体を掴んで逮捕しに来たのか」と大きく動揺しながら必死に考えた。必死になって動揺を隠したが、全身は小刻みに震えていた。

矢島はそんな俺の動揺に気付いたのか「俺が来て驚いたか。まあ、安心しろ。今日は非番だから仕事の話はしねぇよ。たまたま駅でお前さんを見つけてな。尾行するつもりはなかったんだが、何か気になって後を付けていたらこの店に入ったんで、俺も一杯飲みたくなってよ」と言いながらコップに入っているビールを飲み干した。

「尾行するつもりはなかったが、まあこれも職業病の一種だ。悪く思うなよ」と言って皮肉な表情で笑った。

矢島の笑った顔を見たのは初めてだった。と同時に今まで抱えていた心の動揺が、少しだけ和らいだ。

どうやら俺を捕まえにきた訳ではなさそうだ。ただ油断は出来ない。絶対に油断するな。相手はあの矢島だ。どんな手段を使ってくるか分かったもんじゃない。

俺は気を引き締め、アルコールを飲むのは止め、刺身の盛り合わせに手を付け始めた。

矢島は揚げ出し豆腐を追加で注文して俺に話し掛けてきた。

「今日は何処かにお出掛けか。こんな時間から、仕事もしないで酒飲んでられるなんていいご身分だな」と少し嫌味っぽく笑った。

俺は「たまに休んだからって、文句を言われる筋合いはない。酒を飲んだからって、俺は誰にも迷惑をかけた覚えはない」と少しムッとした表情を浮かべた。

矢島は「いや、そういうつもりで言った訳じゃない。気を悪くさせてしまったか。まあ、これも職業病かな」と言って気にせず旨そうにビールを飲んだ。

「ところでお前さん、三年前に正社員の仕事を辞めて、離婚しているんだな。ああ、気を悪くしないでくれよ。仕事だ。重要参考人の経歴を調べるのも仕事の内なんでね」と言って湯気を上げて運ばれてきた揚げ出し豆腐を取り皿に移した。

「ところで退職と離婚は何か繋がりがあるのか？　ああ、取り調べじゃないから答えたくなきゃ答えなくてもいいが。ちょっと気になったんでね」と珍しく少し俺に気を使っているように見えた。

「実は俺も十年前に離婚をしていてな。こんな仕事だろ、帰るのはいつも深夜で、へたすりゃ帰れない日だってある。たまに休んだかと思えば、事件が起きたと言われて急に呼び出されて。女房も最初の内は、それでも応援してくれた。でも中々出世できなくてな。結局今でも平刑事だ。この世界、キャリア組がどんどん天下ってきて、俺みたいなヤツに出世のチャンスなんかありゃしねぇ。それで愛想つかされたって訳さ」とニヒルな表情を浮かべて笑った。

俺は黙って矢島の話を聞いていた。そして、矢島の本心を必死になって探っていた。ここまでプライベートの事をオープンに話す理由は何だ。俺の固く閉ざした心を、こじ開ける作戦か。俺を油断させて事件の真相を聞き出すことが目的か。果たして本当にそうか。矢島がそんな単純な事を考える男にはとても思えない。単純過ぎて逆に違和感を覚える。

では何が目的か。仕事の愚痴や、昔話を話してストレスを発散させたいのか。中年の悲哀を共有したいとでもいうのか。

「俺の離婚の理由も似たようなものです。会社員として中々うだつが上がらず出世も出来なくてね。それで四十七歳の冬に、リストラされ、愛想をつかして出ていきました」とポツリと話した。

矢島の狙いが何なのか全く分からなかったが、話しても問題がない事は、極力正確に話そうと努めた。

　事件に関する事と俊さんの事だけは固く心を閉ざせば良いだけだ。俺はそう心に決めて臨んだ。

「ああ、やっぱりそうか。女ってやつはどうしてこう世間体ばかり気にするんだろうな。全くわからんよ。こっちだって必死に働いているのに。それでいいじゃねぇかと思うんだけどな」と言って熱燗をオーダーした。

　運ばれてきた熱燗を旨そうに飲みながら「お前さんも飲めよ。俺のおごりだ」と店員にお猪口の追加を依頼した。

　矢島に酒を注がれ一杯飲むと、一瞬喉が焼けるように熱くなり、その後直ぐにアルコールが全身に染み込んできた。

「あのリストラと離婚が同時に来た時が、間違えなく人生のどん底でした。それから職が決まらなくて、食べて行くのも一苦労でしたが、あれ以上のどん底はないから、あとは上昇しかないと思うと少し気が楽になりましたよ」と素直に当時の辛い状況を語った。

　矢島は「そうか、そんなもんなのかな」と言って熱燗を注ぎながら話を続けた。

「リストラか。結局、組織なんてもんは、一部分の人間しか見ちゃいない。俺がどんなに死に物狂いになって、犯人検挙まで持って行っても、結局手柄は上司が独り占めだ。どこまでも腐りきってやがる」と言って俺を見た。「あんただってそうだろ、リストラにあったのは運が悪かったけど、決して不真面目に働いていた訳じゃねえだろが」と言って少し真剣な表情に変わった。

「もちろんです。俺なりに必死に働いていました。闘ってきました。まあ、俺なりにですけどね。きっと何処かでお天道様が見ていてくれると思ってね」と言って少し悲しい表情で笑った。

矢島は「お天道様か」と言って虚しく笑った。

思っていたより、矢島は悪い奴ではなさそうだ。ちょっと俺が警戒し過ぎていたのかもしれない。

悲しい中年同志だけに境遇や考え方が、素直に共有できた。矢島の言葉から嘘や偽りは感じ取れなかった。

とそう思い始めた時、慌てて俺はその甘い考えを払拭した。油断するな、相手は現場叩き上げの百戦錬磨の刑事だ。隙を突いて、いつどこで何を仕掛けてくるか分かったもんじゃない。「絶対に油断するな」と何度も心に言い聞かせた。

俺は飲み掛けたお猪口を、一旦テーブルに戻した。

矢島は話を続けた。「この前、俺はあの俊夫という男が死のうがどうしようが全く関係ないと言ったよな。俺の職業は刑事だ。人の生死など、嫌っていうほど見せつけられてきた。死んでしまった被害者が、どれ程無念な思いだったかなんて、いちいち感傷的になっていたら、仕事が前に進まねぇ」と酒が回ってきたのか少し赤ら顔を浮かべた。

「俺が許せないのは、ひき逃げをした犯人が、今も悠々自適にのさばっている事だ。犯人はいかなる理由があろうとも、人を殺しているんだぞ。俊夫という男は、無職で天涯孤独の身だったかもしれない。あいつが死んだってワイドショーのネタにもならんだろう」と真剣な眼差しで俺を睨んだ。

「でも一人の人間が命を落としている訳だ。そして、その命を奪った人間が何の償いもせず悠々と生き延びている。俺は絶対に許せねぇ。その構図が許せねぇ。与えられた地位や身分と違って、命の重みは平等であるべきだ。俺は単なる平の末端の刑事かもしれないが、絶対に真実を明らかにして、犯人を捕まえてやる！」と言ってカウンターに勢いよくお猪口を叩きつけた。

　そして「そもそもあんたは悔しくねぇのか。友達だったんだろう、あの俊夫という男とは」と問い掛けてきた。

「この質問には答えてはいけない」と少し酒に酔った頭が、俺の心に急ブレーキを掛けた。

　これは、俺と俊さんの友情関係の強さを測る罠だ。人間関係の深さを探る質問だ。

ここで俺が熱くなって、矢島に同調したら、絶対に面倒な事になると直感的に感じた。

ここは何も答えてはいけないと判断し、俺は物思いにふける振りをして、テーブルを見つめた。

巧妙だ。さっきの俊さんの肩を持つような発言は、矢島の本心から来る言葉かもしれない。一部の特権階級の人間ばかり優遇される、警察組織に対する不満も交え、極めて最もらしく伝わってきた。安心しろ、俺はお前たちの仲間だと。でもヤツの本当の狙いは、きっと違うところにあるに違いない。何とか事件解決の手掛かりを俺から聞き出し、手柄の一つでも上げたいのだろう。

最初に受けたあの俊さんや、俺を見下した態度が、あいつの全てを物語っている。

こいつは、俺たちの仲間ではない。

無言を貫く俺を見て、矢島はお猪口の酒を勢いよく飲み干し「あんただって本当は悔しいんだろ。ひき逃げで人を殺したヤツが、何の苦労もせずに、悠々自適に暮らしているんだ。あの俊夫という男も浮かばれないよな。あいつも、さぞ無念だったろうよ。死ぬ間際に何か言っていなかったか」と俺は強い目線を感じたが、相変わらず無言でテーブルを見つめ、その視線を受け流した。ここで何か喋ったら、間違いなくヤツの罠にはまる。一言でも話したら、そこを切り口にして全て明らかにされてしまう。

俺たちがあたり屋だという事も。

矢島は、無言を貫く俺を見て大きな溜息を一つつき「邪魔したな。折角の休日だ、ゆっくり飲みたいだろう」と言って店員にお会計を告げて席を立った。

「また何か聞きたい事が出来たら連絡するからよ」といつもの嫌味な表情に戻り足早に店を出た。

俺は一人カウンターに座り、矢島の本当の狙いを冷静になって、もう一度よく考えてみた。

俊さんの死は、交通事故による事故死だ。でも職歴が殆どなく、所持金も僅かだった俊さんを、まともな人間とは思えなかったのだろう。だから、事故と事件の両方で捜査は進んだ。

そんな俊さんの最後をみとったのは俺一人だ。事件という観点からは、重要参考人扱いになっても何の不思議もない。

そして当然俺も容疑者として疑われ、経歴を調査された。

ただ俺は俊さんと違い、リストラにはあったが、二十五年間会社勤めをして、離婚はしたが妻子がいて、僅かだが貯金もあった。

ただここ一年間は、ほとんどあたり屋で生活が出来ていた為、まともに働いていない。

そして、あの怪しい俊さんの最後をみとったのだから、俺と俊さんの間柄は普通じゃないと思えても仕方がない。

二人で何かヤバい事に手を出して、それに巻き込まれて俊さんが死んだ。もしくは殺された。そう考えても不思議ではない。しかも、俺が俊さんの事になると、頑なに口を閉ざすから、余計そう思うのかもしれない。

でも俺は、この頑なに口を閉ざす作戦は大成功だと思った。へたな作り話をしたって、直ぐに矢島に見抜かれて終わりだ。

そして嘘をついた事で、余計に怪しまれる。あくまでも真実だけを話すべきだ。話す事が出来る真実だけを。

ただ矢島が話した、天涯孤独の男の死を軽んじて、ひき逃げしたヤツが悠々自適に暮らしている構図が許せないという言葉は、本心から出た真の言葉に聞こえた。

理不尽な警察組織に身を置いている、男ならではの言葉だと思えた。

そしてそこだけは信じたかったし、何より俊さんを殺した犯人を、絶対に捕まえてほしかった。

こんな仕事だから、俺だってあたる前は一瞬死を覚悟する。そこは俊さんも同じだった筈だ。ある程度の覚悟は、常にしていたと思う。

それで実際に死んでしまったとしても、ある意味仕方がない部分もある。そもそも、そういったリスクを伴う仕事だと、俺は理解していた。

俊さんの死に対して、ある部分で冷静に捉えている自分が、心の何処かにいた。自分だって、いつ俊さんと同じような運命を辿ったとしても何の不思議もないからだ。

ただ当然の事ながら、俊さんの死をとてもじゃないが、まともに受け止め切れない自分も、もちろんいたが。

だから、犯人だけはどうしたって許せる筈がない。許せる訳がない。

犯人には絶対に人を撥ねた感覚があった筈だ。意図的に逃げたとしか思えない。

だから絶対に捕まえてほしい。

そしてそれが出来るのは、この世で矢島しかいないように思えた。あの矢島しか。

〈Movie star〉

撮影から三ヶ月が過ぎ、また暑い熱い灼熱の夏がやって来た。

矢島からはあの後も、何回か呼び出しを受けたが、いつものように、俊さんとの本当の関係は固く口を閉ざした。そして捜査はあまり進展していない様子も伺えた。

猛暑の夏ではあったが、梅雨時の予想では、今年は冷夏の予想だった。俺はその予想を信じ、久しぶりに快適な夏を過ごせると期待していたが、台風の影響で逆に過去に類を見ないほどの、猛暑の夏となってしまった。

俺の淡い期待は大きく裏切られた。

そしてこの夏、もう一つ大きく予想が外れた出来事があった。

それは俺が出演したあの刑事モノの映画が、大ヒットの兆しを見せ始めていた事だ。

ヒットの兆しが見え始めた理由は、あの主役の若手俳優が、ブレイク寸前の人気になっていた為だ。

全国ネットの連続ドラマにチョイ役で出演が決まった事は、撮影の日に聞いていたが、そのチョイ役の演技が高く評価され、今まさにブレイク寸前の人気若手俳優となっていた。

その有望若手俳優が主演を務める映画なら、ヒットしない理由など見つからない。

初めて会った時から、あの若手俳優は本物だと思っていた。あの真摯な性格が、演技にもきっと反映されたのだろう。

俺は映画の成功よりも、あの若手俳優が世間に認められたことの方が嬉しかった。

まるで自分の息子の成功を見ているようだった。

そして、その一ヶ月後には、この夏の興行収入一位の大ヒット作品となっていた。

俺はこの事実をにわかに現実として捉えきれていなかったが、テレビや雑誌で度々取り上げられているのを見て、次第にこれが現実に起きている事だと実感じ始めていた。

特にあの俺が車に轢かれて、若手俳優が怒りの形相で犯人の車を追うシーンが、度々話題になっていた。

確かにあのシーンは想定外の事態が起こり、演技の枠を超えた若手俳優の怒りが、満ち溢れていたと思う。

あの時若手俳優が思わず叫んだ「ふざけんな！　バカヤロー！」というアドリブは映画でもそのまま使われた。

そして俺が車に轢かれるあのシーンも、そのリアル感が、度々小さな話題となって紹介されていた。

だからこんな俺にも取材の申し入れが、一日に何件か来る時もあった。

しかしながら俺は、取材の申し入れは全て断っていた。

確かに未知の世界だったから、まんざら興味がないわけでもなかった。

だが俺は他の誰よりも一番よく知っていた。自分が一体何者であるかを。

そう、俺はあたり屋だ。

そんな夢のような出来事があった、灼熱の夏の終わりの出来事であった。

その日俺は、無性に本が読みたくなり、駅ビルに入っている別所書店という本屋へと向かった。

この本屋は、置いてある本のジャンルが豊富で、それでいて探しやすいレイアウトが俺は気に入っていた。本に対する愛情がぎっしり詰まっているように感じた。

歴史文学、純文学、近代文学、エッセイ集等々色々なコーナーを徘徊して歩いたが、今の心に丁度いい刺激を与えると思われる作品に出合うことが出来なかった。まあこんな時もある。こんな時は、無理して買わない方が良い事は、過去の経験から学習していた。こんな時に無理やり買った本が、面白かった試しは一度もない。

俺は諦めて店を出ようとすると、突然一人の女性が俺に話し掛けてきた。

「あの~すみません、失礼ですけど、今上映中のあの刑事モノの映画に出演されていた方ですよね？」と少し不安そうな表情を浮かべながら女性は俺に近づいてきた。

俺は一瞬、その優しそうな目に釘付けになり、探し求めていた本に出合えた錯覚に陥った。

年の頃は三十歳前半位だろうか。優しい目が特徴的なとても可愛らしい女性だった。

俺は探していた物が突然、別な形で目の前に現れた感覚に襲われながら「そうだけど」と極力冷静を装った。

「わ～！　やっぱりそうだ！　私あの映画の大ファンなのです。特にあのシーン、そうあなたが、犯人の車に轢かれてボーンって跳ね飛ばされるシーンが大好きで。なんか恰好悪いやら可哀そうやらで、あれからあのシーンが目に焼き付いちゃって」と何の悪びれた様子も無く少し興奮気味に話した。

俺は恰好悪いとか可哀そうとか言われ少し落ち込んだが「恰好悪く見えたかもしれないが、あのシーンはリアル感を追求する必要があったんだ。人が車に轢かれる時はあんなもんだ。恰好なんか付けている余裕なんかないよ」と言って少しムッとした態度を取った。

すると彼女は「あ、違うんです、恰好悪いとかじゃなくて、何かコミカルというか可愛いというか、あ～全然フォローになってないや」と言って頭を抱えた。

俺はそんな彼女が余計に可愛く見え「別にいいんだよ。どう見えたかは見た人が決めてくれればいい。俺はただリアル感を追求していただけだから」と少し笑いながら彼女の緊張を和らげようとした。

彼女は俺のフォローが嬉しかったのか、もっと撮影の話を聞かせてほしいと俺を食事に誘ってきた。

時計を見ると昼の十二時半を指しており、俺も丁度、昼食を食べようと思っていた為、彼女の誘いを断る理由が見つからなかった。

でも誘いを受け入れた最大の理由は、彼女が非常に可愛かったからだ。まさに探し求めていた本に、今出合えたような感覚に陥っていた。

その後、俺たちは駅ビルの中にある、どこにでもありそうな洋食レストランに入った。

席に案内をされ、椅子に座りメニューを眺め、俺たちは粗挽きハンバーグ定食を注文した。

彼女は、沙弥という名前で、都内の商社でＯＬをしており年齢は三十二歳だと明かした。

初対面の俺に、年齢まで包み隠さず話すところに、彼女の素直さが垣間見えた。

俺はそんな彼女の素直さに好感を持った。

食事中も他愛のない会話だったが、とても楽しく有意義な時間に感じられた。

まあ、こんなに可愛くて、俺から見たら、すごく若い女の子と久しぶりに会話が出来た訳だから、楽しくない筈は無い。

そして何より、その素直さからか、彼女の会話は飾ることがなく、俺もどこか安心した気持ちで会話を楽しむことが出来た。

食事をしながら、俺も自己紹介をしたが、さすがに年齢五十三歳、職業はあたり屋ですと言う訳にはいかなかったので、役者志望だがそれだけでは生活が難しい為、今は交通警備員のバイトで食いつないでいると虚偽の自己紹介をした。

彼女は俺の虚偽の自己紹介に何の疑いも持たず、完全に信じ切っている様子だった。

「早く役者の仕事だけで生活できるようになればいいですね。でもきっとなれますよ。あの演技最高でしたから」と俺を温かく励ましてくれた。

虚偽の自己紹介に、そんな温かい励ましを貰ってしまい、何か申し訳ない気持ちで一杯になった。

彼女はさっき格好が悪いと言ってしまった事をしきりに気にしており「さっきは本当にごめんなさい。でもあのシーンが本当に頭から離れなくて。でもその本人と一緒に食事出来るなんて信じられない！　夢のよう！」と大きな目を見開いて喜びを表現してくれた。

俺は少し照れながら「もう気にしなくていい。さっきも言ったけど事象がどう見えるかなんて、人それぞれ違う。同じ人が見たって見る時間や気分によっては、見え方や印象は変わるだろう」と言って食後のコーヒーを一口飲んだ。

彼女は少し感心したように「へ～難しい表現をするんですね。何となく言いたいことは分かりますけど」と言って屈託のない笑顔を浮かべた。

俺はコーヒーを飲みながら「変わり者なだけだよ。気にしないでくれ。深く考えているように見えるかもしれないが、根は単純な男だから」と言って皮肉っぽく笑った。

彼女は「でもあのシーンで車は実際何キロくらいのスピードで走って来たんですか？　何か凄いスピードに見えたのですけど」とコーヒーカップを片手に持ちながら興味深そうに俺に尋ねた。

本当は30㎞の予定だったのだが、プロデューサーに騙されて実際は60㎞だったと言おうと思ったが止めた。何か彼女にはそんな汚い大人の騙しあいの世界を話したくなかった。

「60㎞さ、でも実際は緊張のせいでもっと早く感じて、避けるのが少し遅れてあのざまさ」と少し自嘲気味に話した。

彼女は「へ～そうなんですか、でもスクリーンで見ていると、もっとスピードが出ている様に見えました。そうか避けるのが遅れたから余計リアルに感じられたんだ」と言って笑顔で納得していた。

許されるなら俺はその笑顔を、ずっと見つめていたい衝動に一瞬襲われた。

全てを投げ出しても、この純粋な笑顔だけは、世の中から失くしてはいけないと本気で考えていた。

女性に対してこんな感情を持ったのは、恵理子と別れてから初めてだった。

乾ききって殺伐とした心に、一筋の清流が流れ込んでくるようだった。

こんな感情は久しぶり過ぎて、何かしっくりこなかった。自分の感情の種類の中に、こんな感情があるのを、すっかり忘れていた感じだ。

五十三歳のオヤジだが、この感情だけはなくならない事に少し驚きを感じた。

食事が終わると、俺は彼女とまた会うことを約束して別れた。

俺はアパートへ帰る道のりの中、沙耶との衝撃的な出会いを改めて思い返した。急に飛び込んできた幸運を持て余し、戸惑いながらも久しぶりに幸せと思える時間を過ごすことが出来た。女性と二人きりの空間を共有する、この贅沢な感覚を懐かしく感じていた。

そして何より、沙弥の優しい笑顔には不覚にも完全にやられてしまった。あの笑顔がまた見たくて仕方がなくなっていた。あの人の心を暖かくする笑顔を。

よく考えると、そもそも人とこんなに楽しく会話したのは、いつ以来だろうと真剣に記憶を遡っていると俊さんのギョロっとした目が急に思い浮かんだ。

そして思い出すと同時に、すぐに自分の頭の中からかき消した。あんなおっさん同士のダラダラした飲み会と、今のこの幸せな時間を一緒にしたくなかった。

それでも一度思い出した俊さんのギョロっとした目は、しばらく俺の頭の中から消える事はなかった。

そもそも今回の一連の出来事は、俊さんから貰ったノートに赤鉛筆で、目立つ印が付いていた「あたる場所リスト」からスタートした。

俺は「俊さん、そんなに嫉妬するなよ。全ては俊さんのおかげと感謝しているよ」とつぶやき、さっきから頭を離れないギョロッとした目をどこか懐かしく心の中で見つめた。

〈Lost in Hollywood〉

沙耶と出会ってから、半年の月日が経過した。

彼女の飾らない性格と優しい笑顔に、俺は完全に心を奪われていた。

幸いな事に彼女も、こんなおっさんに好意を抱いてくれ、俺たちはいつしか恋人関係になっていた。

週に数回会って、食事や映画を一緒にした。

いつの日か、彼女の笑顔を、完全に独占できる日が来ればいいなと思っていた。彼女の笑顔に包まれた、幸せな家庭が作れたなら、どんなに素晴らしいかと思った。

ただ、交通警備員のバイト代の収入だけでは、結婚などはとても考えられなかった。

彼女もそこは理解しており、けなげにも、たまに一緒にいられるだけで十分幸せだと言ってくれた。

そして彼女と出会ってからは、あたり屋の仕事は完全に封印していた。

俺としては、あたり屋を辞めるつもりはなかったが、どこか後ろめたさのようなものを感じるのが嫌だった。少なくとも今は、犯罪に手を染める事をしたくなかった。

そんな事をしようものなら、彼女を騙しているようで、とてもじゃないが平常心ではいられないと感じていた。

季節も秋から冬に変わり、交通警備員の仕事が辛い季節では無かった為、そっちの仕事に集中した。

今はむしろ、あたり屋をやる方が、辛い気持ちになるように思えてならなかった。

彼女と一緒に過ごしている時だけ、俺は心の平常心を少しだけ取り戻す事が出来た。彼女の笑顔を見ると心が救われた。

沙耶と出会ってから、俺の中で確実に何かが変わり始めていた。

そんな冬の夜、またしても驚くべき出来事が、俺に襲い掛かってきた。

交通警備員の仕事が終わり、俺は馴染みの長兵衛という焼き鳥屋のカウンターで、いつものように一人で酒を飲んでいた。

テレビから流れる、大して面白くもないクイズ番組を眺めながら、二杯目の生ビールを一口飲むと、突然、携帯電話が鳴り響いた。

「誰だ？　こんな時間に」とつぶやき携帯電話をのぞき込むと映画プロデューサーの安井からだった。

俺は出るか出ないか一瞬悩んだが、着信音が周りの迷惑になると思い電話に出た。

「もしもし、安井です。久しぶりですね～お元気でしたか？」と相変わらず軽薄な調子で話し始めた。

俺は「何の用だ、映画も大ヒットでもう俺に用はないだろう」と少しムッとした声で話した。

すると安井は「そんなに怒らないでくださいよ、あの撮影の事まだ怒っているんですか？　だからあれはドライバーのミスで仕方なかったんですよ。事故ですよ、事故。でもさすがプロのあたり屋！　見事な演技でしたよ～お陰で最高のシーンが撮れました！」と言って軽薄に笑った。

俺は少しイラつき、現場ＡＤから、話は全部聞いているぞと怒鳴り散らそうかと思ったが、店に迷惑を掛けると思い黙って話を聞いていた。

「いや～そのお礼って訳じゃないんですけどね、今日はあなたにグッドニュースをお伝えしたくて」と今度は少し興奮した口調で話し始めた。

「驚かないでくださいよ！　ハリウッドです！　なんとあなたにハリウッドデビューの話が来たんですよ」ともう既に興奮が抑えきれないような口調で話を続けた。

「今日、アメリカの映画会社から連絡がありましてね。今度ハリウッドで上映予定の映画監督が、あなたの演技を凄く気に入ったようです。是非自分の映画であなたを使いたいと！　こんな大チャンス、人生で二度とありませんよ！」と興奮絶頂状態でまくしたてた。

俺はテレビのクイズ番組をぼんやり見ながら黙って話を聞いていた。

「シーンとしては、大まかにしか聞いていませんが、犯人の共犯者が、間一髪で電車を避けるシーンだとか言っていました。詳しくは一度会って話がしたいと。何しろハリウッドですよ！　これは凄い事ですよ！　一大事だ！　ちゃんと聞いていますか？」

と相変わらずの興奮状態で叫んだ。

俺は「今度は電車かよ」と小さく呟き電話を切り「ふ～」と深く深呼吸をした。

自分の中のどこかやり切れない気持ちが共鳴し、不協和音となって漏れ出たように感じた。声になる前の音のように。

「誰か教えてくれ。俺は誰に生かされているんだ。そして俺は一体何者なんだ」と小さく呟き二杯目の生ビールを飲み干した。

すると何か大切な物を失くし、探しても探しても見つからない、強い焦燥感のようなものに全身を包まれた。

そして答えのない迷路に迷い込み、いつの間にか焦燥感は不安感へと変わり俺を深い闇の中へ飲み込んでいった。

「俺は一体何者なんだ」とまた小さく呟いた。

ハリウッドの話など、もうどうでもよかった。

今はただこの絶望的な不安感と戦うことで、精一杯だった。

安井から電話があった次の日、俺は沙弥に連絡をして、最近二人でよく行く街の外れのワインバー壱という店で、食事をする約束をした。

この店は決して高級ではないが、ビーフシチューが美味く、俺たちはこのビーフシチューに軽めの赤ワインを合わせるのが、大のお気に入りだった。

他の料理も気取らない素朴な味が、素直に心に沁み込み、癒しに近いような感覚を与えてくれる。

俺は交通警備員のバイトが少し長引いた為、急いで店に向かった。店に入ると沙弥は先に到着しており、いつも座るカウンターの左端でコーヒーを飲んでいた。

俺は彼女の横に座ると「急に呼び出して悪かったな」と言って目の前に置かれていたコップの水を一口飲んだ。

彼女は「全然、気にしないで。どうせ今日は家に帰っても両親が出掛けているから食事もなかったし。誘ってもらって逆にラッキー！」と言っていつものあの優しい笑顔で微笑んだ。

俺はマスターを呼び、生ビールと料理を注文した。マスターはすぐに生ビールを運んできてカウンターの上に丁寧に置いた。

彼女はビールを一口飲みながら「話したいことがあるって言ってたけど…大丈夫？何か昨日は少し元気が無さそうだったけど」と言って心配そうな表情を浮かべた。

俺は「実は…」と言って昨日の安井の電話の内容を包み隠さず全て彼女に報告した。

するると彼女は「え～！　凄いじゃない！　ハリウッド映画でしょ！　信じられない！」と驚きを隠せず優しい目を大きく見開いた。

「だけど今度あたる相手は電車だぜ。いくらハリウッド映画に出られると言ったって、轢かれて死んじゃったら意味がない」と言って生ビールのグラスを無表情でカウンターに置いた。

彼女は大笑いしながら「そんな事を本気で心配しているの？　轢かれて死んじゃう訳ないじゃない、映画の撮影だよ。しかもハリウッド映画だよ」と言って俺を少しからかうように笑った。

俺は「いや、電車に轢かれる事を心配していた訳じゃなく、何て言うか俺みたいな者が、本当にハリウッド映画なんかに出ちゃっていいのかっていうか…」と言って言葉を濁した。正確には言葉を濁したというよりも、言葉が続かなかった。

彼女は湯気を上げて運ばれてきたビーフシチューを嬉しそうに眺めながら「何言っているのよ、大チャンスじゃない。こんなチャンス二度とないよ。このチャンスがものに出来たら、念願の俳優の仕事に専念できるかもしれないじゃない」と言ってビーフシチューを取り分けて俺に差し出した。

確かに沙耶が言うように、この大チャンスをものに出来れば、俳優業として安定した収入を得る事ができるようになるかもしれない。

しかも交通警備員のバイト代とは、比べ物にならない高額な収入が保証される可能性だってある。

そうすれば、沙耶と念願の結婚をする事だってできるかもしれない。沙耶の優しい笑顔を、完全に独占出来る日が。

「頑張ってね、私は何があってもあなたを応援するから」と言って少し照れながら優しく微笑んだ。

俺は料理を食べながら、相変わらずべっとりとまとわりつく、絶望的な不安感と戦っていた。

昨日からこの不安感の正体を探ろうとしたが、全く答えが見つからなかった。

大好きな料理だったが、この日だけは全く味覚を感じる事が出来なかった。

そんな俺を見かねた沙耶は「ねえ、大丈夫？　何か昨日から元気がないけど。何かあった？」と少し心配そうな表情を浮かべた。

「いや、大丈夫だよ。最近冷えるから風邪でもひいたのかな。とにかく大丈夫だから」と言って作り笑いを浮かべた。

自分では精一杯の笑顔を作ったつもりだったが、恐らく、どこか引きつった笑顔になっているのが、自分でも分かった。

「そう、なら良いけど。とにかくハリウッド進出おめでとう！」と言ってグラスを掲げた。

「おいおい、まだ正式に決まった訳じゃないんだから」と言いながら照れ笑いをしたつもりだったが、またしても笑う事が出来ていなかった。

そして食事を終え、俺は彼女に礼を言って別れた。

帰り際に彼女はもう一度、何があっても俺を応援すると約束してくれた。何があっても と。


アパートに帰り、布団に入ろうとした時、携帯電話の着信音が鳴り響いた。矢島の携帯電話番号だった。

電話に出ると「あ～久しぶりだな、矢島ですけど」と聞き覚えのある嫌味っぽい口調で話し始めた。

「こんな時間に何の用ですか、明日も朝早いからもう寝るところでした」と少し不機嫌そうに答えた。

矢島は「いや～すまんすまん。でもあんた達の尻尾をようやくつかんだんでな。苦労したぜ、まったく。お前たちあたり屋だな」と静かに話した。矢島の声が電話越しに頭に響いて鳴りやまなかった。やがてその声は、底知れぬ恐怖感となって、一瞬にして全身を包み込んだ。

「今週と先週だけで五人の被害者が、警察に被害届を出しに来ている。映画に出演している男性から、以前、車に接触したと言って金を請求されたってね。まったく、あたり屋ごときが、映画なんかに出たのは大きな失敗だったな」と言って電話越しから小さなため息が聞こえた。

「いいかよく聞け、これは立派な詐欺罪だ。ドライブレコーダーの映像にもしっかりお前さんの姿が映っていたよ」とため息交じりの声が頭に響くように聞こえた。

俺は黙って話を聞いていたが、さっきから胸の大きな鼓動が、止まらなかった。携帯電話を持つ手は小刻みに震え、俺はそれを止める事がどうしても出来なかった。

黙って話を聞いているというよりは、声を発する事が出来なかった。

「これでこの事件もお開きだ。俊夫という男の死因もあたり屋なら、全て納得がいく。単なる交通事故だ。しかも自分からあたりに行ってな」と皮肉っぽい口調で話した。

「いいか、よく聞け、逃げようなんて思わず、明朝、俺のところに大人しく出頭しろ。そして自首しろ。上からは逮捕状が取れたから、今すぐ、しょっ引いてこいと命令されている」と矢島の大きな深呼吸が電話口から伝わって来た。

そして「まあ、いけ好かない上司なんだけどな、命令は命令だからな。とりあえず今日のところは、そっちに向かって張り込みしたが、アパートには戻ってこなかったと報告する。だから明日の朝、自首しろ。自首すれば少しは罪が軽くなる。それが俺に出来る精一杯の事だ」と珍しく抑揚のない冷静な声で話した。

震える頭で、これが矢島の本当の姿かもしれないと思った。

人を見下したように睨みつけたり、激しく恫喝してみたり、同調を求めてすり寄って来たり、色々な顔を持っているが、実は非常に冷静でしたたかで、そしてただ正義感だけは人一倍強い男なのかもしれない。どこか摑み所のない感じを与えながら、実は極めて分かり易い男なのかも知れない。

そして俺は、明朝に矢島の元へ出頭する事を約束し、電話を切った。

矢島と電話を切った後、外に出て俺は携帯電話を取り出し、沙耶に電話を掛けた。

沙耶は電話に出ると「ん、どうしたの？　丁度今、お家に着いたところなの」と嬉しそうに話した。

「ああ、いや、ちょっとな…」と言って言葉を詰まらせた。興奮はまだ完全に収まっておらず、声は少し上ずっていた。

「どうした？　何かあった？」

「いや何でもないんだ…ごめん…ちょっと声が聴きたくなってな…」とその声はかすかに震えていた。

「明日も会社だろ、こんな時間にごめん、じゃあな…」と言って電話を切った。

そして俺はあのでかい歯医者の看板のある交差点に向かい、俊さんが最後の時に、血だらけで座っていた看板の下の縁石に一人腰を下ろした。

あの時、俊さんは何を想っていたのだろうか。最後にあの汚いノートを渡しながら、俺に何を伝えたかったのだろうか。

時折、温かい家族とおいしい夕食が待つ家路に向かう車が、俺の前を急ぎ足で通り過ぎて行った。

そして「そうだ、俺はあたり屋だ」と小さく呟き、青白い光を放つ月をただ何となくぼんやりと見つめた。

だってそうじゃないか。おかしいじゃないか。俺は誰よりも自分の正体を、一番良く知っていた筈だ。俺が何者であるかを。「そうだ、俺はあたり屋だ」ともう一度ゆっくりと確かめるように呟いた。

映画に出てからというもの、急に幸せな出来事が次々に起こり一番大事な事を忘れかけていた。いや、もしかしたら忘れたかったのかもしれない。消せる筈などないのに。

そして急に俊さんとの楽しかった日々の記憶が、頭に思い浮かんでは消えていった。

今まで自分の心の中で、思い出すことを無意識に封印していたのかもしれない。一人になるのが怖かったのだろうか。一人になる事を認めたくなかったのだろうか。

俊さんが死んでから、俺は実体のないこの「絶望的な不安感」って奴に怯え、毎日をぶるぶる震えながら過ごしていたのだろうか。そいつに気付かない振りをしながら。

「俊さんが聞いたら何て言うかな」と柔らかい月の光を、全身に浴びながらぼんやり考えた。

「実体のないものに怯えることほど無意味な事は無い」とギョロっとした目で俺を一喝しただろうか。それとも「今すぐその絶望的な不安感さんとやらを、俺の前に連れて来い。俺がきっちり説教してやる！」と少し笑いながら話しただろうか。

俺は俊さんがいたからあたり屋が出来たのだと改めて感じた。

そして俊さんがいたから、ここまで生きてこられたのだと。

映画に出たのだって、十万円に目がくらんだのもあるが、一人であたり屋として歩いていくのが、怖くなったからかもしれない。別な世界に逃げ込めるなら逃げ込みたいと思ったのかもしれない。

犯罪者として一人で生きていくのが怖くなったのだろうか。それが不安で堪らなかったのか。

でも俺があたり屋として、歩いてきた道は決して消せる事などできる筈はない。

俺は正真正銘の詐欺師だ。何の疑いの余地もない。俺の犯してきた数々の罪は、別の世界に逃げ込んだって、決して消える事はない。たとえ刑務所で罪を精算したとしても。

「何がハリウッドだよ…何が結婚だよ…何が幸せな家庭だ…」

まるで夢のような鮮やかな過去は、全て消え去っていった。残ったのは現実だけだ。そこに残った現実は、俺があたり屋であり詐欺師であるという、消したくても消せない事実だけだった。

真冬の冷たい風が、荒々しく乱暴に俺の頬に吹き付けた。

ずっと俺にべっとりとまとわりついて離れなかった物の正体が何なのか、今はっきりと分かった。

きっと、俊さんが死んだ時から、そいつはずっと俺の背中にまとわりついていたのだろう。俺はそれに気付いていながら、今まで必死にそいつから逃げ回っていたのか。

月の光を静かに浴びながら、俺は徐々に落ち着きを取り戻し始めていた。

そして全ての事が、自然と腑に落ち始めていた。今まで自分を苦しめてきた事の、全ての理由が分かり始めていたからだ。

でもたった一つだけ、どうしても腑に落ちない事があった。

何故だろう、さっきから涙が止まらない。

矢島から電話があった翌日、俺は矢島がいる警察署へ出頭した。

矢島と取調室に向かう途中「昨日、電話でこの事件はお開きだと言ったがな、俺の中では全く終わっちゃいねぇ。上からは、もうこの件からは手を引けと命令されている。まあ、無職のおっさんが、自分であたりにいって、死んじまったんだから、だれが考えてもそうなるわな」と言って立ち止まって窓の外を見つめた。

「でもな、俺の中ではちっとも終わってねぇんだよ。俊夫殺しの犯人は、俺が絶対に捕まえてやる。上に何て言われようがな。約束してやるよ。それが俺の正義だ」といってニヤリと笑った。

俺は矢島の顔を直視した後、そこに立ち止まり矢島に向かって大きく一礼した。

「おいおい、一体何の真似だよ。何なんだよ、いいから頭を上げろよ。言ったろ、これは俺の正義の問題だって。だからお前や俊夫には関係ない事だ。お前に頭を下げられる筋合いはない」と言いながらまた廊下を歩き始めた。

俺は何も言わず矢島の後を着いて歩いた。

矢島は前を歩きながら「まあ、犯人が捕まったら、お前さんのいる刑務所まで、知らせにいってやるよ。矢島刑事の特別大サービスだ」と言って俺を見ながら皮肉な表情で笑った。

そして「こんな、うだつの上がらない平刑事だけどな、執念深さだけは誰にも負けねぇ。俺をなめるんじゃねぇぞ。絶対に捕まえてやる。そして本当の社会の正義ってヤツを、見せつけてやるんだ。クーラーの効いた部屋で呑気にお茶を飲んでいる奴らにな。何が正義かも、良く分かってない奴らに」とまるで自分に言い聞かせるように話した。

俺は「矢島さん…」と言い掛けて言葉を飲み込んだ。何か物凄く伝えたい事があったのだが、うまく言葉に出来なかった。

いや、言葉に出来ないというよりは、言葉にしたくなかった。言葉にしてしまうと、本当に伝えたい事が伝わらないように思えたからだ。

俺は涙でかすむ目を大きく見開き、前だけをしっかり見つめながら歩いた。

こんな俺にも未来が来るのだろうか。こんな俺にもいつか救われる日が来るのだろうか。

答えは見つからなかった。でも今はしっかりと目を見開いて、前だけを見るしかないと思った。

今、目の前に見える少しくたびれたスーツを着た矢島の背中だけが、唯一の現実のように思えてならなかった。

そして俺は取り調べを受けた後に逮捕され、裁判所で懲役二年三ヶ月の実刑判決を受けた。

不思議なことに、全くショックは受けていなかった。全てが想定内の出来事のように感じていた。

まるでこうなる事が、初めから分かっていたかのように。

それは自分が何者かが、よく理解出来ていたからだと思う。俺は自分の正体を、誰よりもはっきりと知っていた。

そう、俺はあたり屋だ。

〈Crash for cash〉

とある一月の極寒の朝、俺は長い刑期を終えて刑務所から出所した。

全ての自由が奪われた、人生の中で最も辛い期間だった。

無機質なサラリーマン時代よりも、もっともっと無機質な、極論を言えば「無」の世界だった。

いや、というよりは「無」の極致に自分の精神状態を持って行かないと、自分の中で何か大切な物が、崩れて行くように感じた。

人間は喜怒哀楽があって初めて人間らしく生きられることが身に染みて分かった。

「もう二度と味わいたくない」と思いながらコートに身を包み、激しく吹き付ける北風を背に一人歩いた。

歩いている途中、路上駐車をしている一台の軽自動車の前で立ち止まった。

車のフロント部に設置されたドライブレコーダーが目に止まった。今の時代、このドライブレコーダーがほとんどの車に設置されている。俺が逮捕された決定的な証拠もこいつの映像だった。

「もうあたり屋なんて時代は、完全に終わってしまったのかもしれない」と思うと同時に一段と強い北風が、俺の行く手を遮るように吹き付けてきた。

そもそも、あたり屋なんて時代は、俺が始めた時からとっくに終わっていた。それをまだやっている俊さんと知り合い、物凄く驚いた。俊さんは隙間ビジネスとか何とか言っていたっけ。ということは、こうなる事はあの時から分かっていたという事か。

「まあ、もうどうでもいい」と一人つぶやき冷たい北風を受けながら歩き始めた。

そして行く当てもなく、とぼとぼと本能の赴くままに歩いていると、いつのまにか歯医者のでかい看板のある、あの交差点にたどり着いていた。

俺は交差点の前でぼんやりと佇んだ。

思えば全ての出来事は、この交差点から始まった。俺が初めてあたり屋をやったのもこの交差点だった。あの時はうまく車にあたれずに大怪我をした。

そしてあたり屋をやろうと決めたのも、この場所だった。

でもそれも、そろそろ終わりにしなければならないのかもしれない。時代とともに淘汰される事なんて、世の中には幾らでもある。

所詮、人間なんてもんは、世の中の流れに従って生きるしかない悲しい生き物だ。世の中の流れに従って生きられない生物には、絶滅の道しか残されない事は、過去の歴史の流れを見れば一目瞭然だ。自然の流れに逆らう事は出来ない。

俺は自分を納得させるように、何度もそうつぶやいた。

交通警備員のバイトを続けるしかないか。

そんなことを、ぼんやり考えていると一段と強い北風が、強烈な向かい風となって俺を目掛けて吹き付けてきた。

俺は思わずコートの襟を掴んだ。

その時、ふとコートの内ポケットに何か入っている事に気付いた。

内ポケットから取り出してみると、それは死ぬ間際に俊さんからもらったあの表紙に「ＴＯＳＨＩ」と書かれた汚いノートだった。

思えばこのノートにもずいぶんと助けられた。俊さんが死んだあとは、このノートが正しく俺のバイブルとなっていた。このノート無しでは、あたり屋を続ける事は不可能だっただろう。

俺はそのノートを懐かしくぺらぺらとめくると、一枚のメモが地面に落ちた。

あれだけ吹き付けていた北風が、一瞬だけ止んだ。

そのメモを拾い上げた時、俺は驚愕に襲われ一瞬全身の自由を完全に奪われ、背筋が凍りついた。

そのメモにはこう書かれていた。

「あたるのが怖くなったのかい」


―完―

一発逆転男

〈逆転の序章〉

俺は深いため息と共に、受話器を叩きつけるようにして電話を切った。

そして静かな少しけだるい朝の空気を、まるで鋭利な刃物で切り裂くように思い切り叫んだ。

「中塚！　お前何やってくれてんだよ！　鈴木電装の畠山課長、来週から生産ラインが止まるって、かんかんに怒ってたぞ！　一体全体どんな管理をしてたんだお前は！」

と叫びながら怒りの余り、思わず軽くジャンプして勢いよく席から立ち上がった。

俺の名前は、野口達也。

今年で四十五歳になる。職業は中堅電子部品メーカーの営業で、五年前に課長に昇進した。

自慢じゃないが四十歳で課長に昇進するのは異例の早さで、同期では俺が一番早かった。自分で言うのも何だが、かなり社内の評判も高く、いわゆる幹部候補生に位置付けられていた。

この年まで独身を貫いていたが、全く後悔はしていなかった。女なんて出世の妨げになるだけだ。いなくたって何の問題もない。社会的に高い地位さえ築ければ、向こうから幾らでも寄ってくるものだ。所詮その程度の物だ。金と社会的地位さえあれば、あとはどうにでもなる。

だから俺は、社会的地位を築くことに全力を尽くせばいいと考えていた。愛だの恋だのという一時的な軽薄な現象には、全く興味を持つ必要などない。

同期の中には、既に出世を諦めて悠々自適にマイペースで仕事をしている奴もいたが、俺にはそんな奴の生き方が、全くと言って良いほど理解ができなかった。

男として生まれからには、社会の競争の中で人には絶対に負けたくない。誰よりも必死に働いて、誰よりも高い評価を得て、そして誰よりも高い社会的地位と高い報酬が欲しかった。

俺はそんな出世欲丸出しの生き方が、恥ずかしいなどとは少しも思ったことはない。むしろそれが当たり前の事だとすら思っていた。

だから、俺は同期の飲み会でも、「将来は社長になりたい」とみんなの前で堂々と公言していた。

人に使われる仕事がしたいのか？　人を使ってより大きな仕事をして、より大きな成果を得たいのか？　俺は間違いなく後者だ。自分一人でやれる仕事など所詮、限界がある。だから一人でも多くの部下を持ち、より大きな成果を導き、そして会社に認められ、より高い地位を得たいと常々考えていた。

誰よりも早く、一日でも一分でも早くその地位に上り詰めたいと。たとえ他人を蹴落として、それを踏み台にしてでも。

そして仮にその人間から恨みを買うようなことがあったとしても。

ただ、今回課長に昇進して、初めて人を使う事の難しさを味わった。人を動かし、ある一定の成果を得る事は、想像以上に難しい事だった。

特にさっき怒鳴り散らした中塚という若者を部下に持った時に、俺はその事を嫌と言うほど痛感した。

俺は東京本社にある首都圏営業部の第三課の課長を務めており、中塚を含む四人の部下を抱えていた。

首都圏営業部は第一課から四課まであり、全社の約30パーセントの売上を占めている、いわゆる精鋭部隊だった。

俺の部下も中塚を除く三名は、仕事はそつなくこなす優秀な営業マンだった。

ただ、中塚だけはどうしようもなかった。中塚は三年前に新入社員として、俺の元に配属された。

出身大学は、一流私立大学だった為、会社も俺も大いに期待していたが、直ぐにその期待は間違いだったと気付いた。

何しろその考え方のロジックが、全く理解し難いものだったからだ。

「Aという数字をBという数字に間違えたからCという数字になりました」となれば、間違うことは決して褒められた事ではないが、少なくとも間違いに至った原因は理解できる。ところが中塚は、いつもAもBも幾ら足してもCという数字にならないのだ。このCという数字は一体どうやって導き出されたのか？　こうなると問題は深い闇の中をさ迷い始め、俺のストレスもピークに達し、ついつい大声で怒鳴ってしまう事が度々あった。

同じ間違いでも理解できる間違いと、理解できない間違いとでは大きく性質が違う。理解できる間違いは、再発防止が出来る。なぜ間違えたのかを分析して、対策を講じて二度と同じ間違いが起きない仕組みを作りが出来るからだ。

しかし、理解できない間違いは、対策の打ちようがない。だからまた同じ間違いを繰り返す。

中塚の場合は、更にたちの悪い事にプライドだけは、一流私立大学出身のせいか、人一倍高く、いつも根拠のない自信を全身にみなぎらせていた。

だから、素直に人の忠告も聞き入れない。

課内の三人の先輩社員も、そんな可愛くない後輩の為に、わざわざ自分の貴重な時間を割いてまで、アドバイスを送る事など、いつのまにかやらなくなっていた。

中塚はそんな三年間を過ごしてしまった為に、人の助言を受け入れず独自の進化を遂げてしまい、成長というよりはむしろ退化しているように俺の目には映っていた。首都圏営業部の村山部長も、後一年間だけ様子を見て、変わる兆しが見えなかったら進路指導の対象にすると決めていた。

まあ、そうなったとしても俺には全く関係はない。無能な部下が一人いなくなるだけだ。俺にはあいつを育てようなどという気持ちなど、これっぽっちもなかった。

部下などというものは、俺の中のひとつのツールでしかない。そのツールは無能よりは有能な方がいいに決まっている。ただそれだけの事だ。

全ては俺が、出世する為のツールだ。

血の通わない無機質な物でしかない。ただそれだけの物だ。

〈逆転その1〉

「中塚！　一体どういう事なんだ！　きちんと説明しろ！」と俺は激しく詰め寄った。

中塚は無表情で茫然と佇んでいた。そしてようやく重い口を開くと「すみません、エクセル上では発注数が足りている様に見えたのですが…計算式に一か所誤りがありまして…それが見つかったのが昨日でして…」としどろもどろに説明を始めた。

俺は深いため息をひとつつき「またそれか…」と頭を抱えて座り込んだ。そして「何故？」と訊こうとしたが、直ぐに止めた。訊いても無駄な事は分かっていた。理由なんかない。その事はこの三年間の付き合いの中で嫌というほどよく分かっていた。

俺は少しイライラしながら「おい！　堀口！　この件はお前も一緒に管理するように指示したよな！」と部下の堀口を呼び付けた。

堀口は少し面倒臭そうな表情を浮かべながら近づいてくると「そんな、こっちだってアストロ電機の不具合で、そんな所まで手が回りませんよ」と言って直ぐに席に戻り、パソコンの画面に向き合った。

「何だ、お前、それは開き直りか？　それが先輩社員のいい訳か？　忙しいのは理由にならないだろうが！」と激しく詰め寄ると堀口は「だって今回の発注ミスだって、発注承認書に課長も判子を押しているじゃないですか。俺一人に責任を押し付けるのは止めてくださいよ」と言いながら席を立ち俺の机に、発注承認書を勢いよく叩きつけた。

俺は少しバツが悪そうに「そりゃ、一日に何十枚もの書類が回って来るから一つ一つ丁寧にチェック出来ないときだってある。それくらいお前にも分かるだろう。それにお前の判子が押してあったから、俺はそれを信じてだなぁ…」と言い掛けた時それを遮るように「だから目暗印を押したとでも言いたいのですか」と冷たく言い放った。

『こいつは少し前から、この部品が問題になる事に恐らく気付いていたのだろう。だから過去の発注承認書を探して持っていたに違いない。絶対に自分の責任にならないようにと。全く最近の若手エリート社員は、自分に傷が付かないようにする事ばかり気にして生きてやがる』と心の中で悪態をつき堀口に詰め寄る事を諦めた。

俺は話を本質に戻す為に、気を取り直して中塚の方を向き質問を変えた。

「で、今どんな状況なんだ？　鈴木電装の先にある自動車メーカーは？」と極力冷静に尋ねた。

鈴木電装は、自動車向けの電力制御ユニットを設計・製造しており、そのユニットに当社のコネクターが採用されていた。

中塚は「畠山課長が言うには、複数の自動車メーカー向けのユニットに使っていて、一番初めにラインが止まるのは、富岡自動車だと…」

俺は一瞬、背筋が寒くなり顔が青ざめた。

『富岡自動車…国内最大手の自動車メーカーだ。そこの生産ラインが止まるなんて事になったら、一体いくらの請求をされることやら。一億円、いやへたすりゃ十億…しかもそれ以外の自動車メーカーにも採用されているとなると、最悪は…』と心の中で呟きうなだれ掛けた時、俺はワーストケースを想定する事を止めた。『諦めるな、諦めるのはまだ早い。まだゲームは終わっていない。絶対に何か回避策がある筈だ。それを見つける事が先決だ。こんな事でつまずく訳にはいかない。俺は社長になるんだ！』と強く自分に言い聞かせた。

そして気を取り直し「この件は、工場のどこまで話が上がっている」と中塚に尋ねた。

「生産管理部の城田課長にお願いしてあります」と少し自信の有りそうな表情で答えた。

俺は怒りを抑えきれずに「なんでこんな重要な件が課長なんだよ！」と怒鳴り慌てて受話器を取った。「ああ、首都圏営業の野口です。小林工場長をお願いします」と早口に話した。

「ああ、工場長お久しぶりです、首都圏営業の野口です。実は工場長に緊急のお願いがありまして…」と事の事情を説明した。

すると「ああその件な、さっき城田からちょっと聞いたけど、無理だよ、諦めな。来週とか言われても無理に決まってるだろう、うちはネジクギ作っている訳じゃないんだからさ」とまともに取り合う様子を見せなかった。

「工場長！　鈴木電装の次は富岡自動車の生産ラインが止まるんですよ！　現実をちゃんと理解してください！　もしそんな事になったら請求は間違えなく億を超えま

すよ！」と受話器越しに激しくまくし立てた。

「幾ら言われても、物理的に出来る事と出来ない事がある。諦めろ、営業だろ、それ位パパっと調整して来いよ。何年営業やってんだよ」とまたしても軽くあしらってきた。俺は屈せず必死に何度も食らいついた。

「わかったよ、わかったよ、うるせーな。全くてめえらのミスを一方的に押し付けて来やがって。直ぐに部材の在庫をあたらせるけど、期待はするなよ。この製品に付くケーブルはかなり特殊なカスタム品だ。今、パソコンの画面を見る限り在庫が無い、更に次回入荷予定も未定だ」と真剣な声で答えた。

　俺はとにかく、今日の三時までに一報を貰う約束を何とか取り付けて電話を切った。

「状況はかなり厳しい。カスタムのケーブルが欠品しているそうだ」と俺は暗い表情を浮かべた。中塚もさすがに事の重大さに気付いたように暗い表情でうなだれた。

　とその時、携帯電話がけたたましく鳴り響いた。鈴木電装の畠山課長からだった。五分程会話して電話を切り「おい、急いで外出の支度をしろ！　この件が、資材部の太田部長のところに上がってしまった。太田部長はカンカンで、直ぐに打ち合わせに来いと大騒ぎしているらしい」と堀口と中塚に向かって急いで外出の指示を出した。するとと堀口が不満そうな表情を浮かべた。「え〜俺も行くんですか？　アスナロ電機の不具合で忙しいんですけど…」

「ふざけるな！　アスナロ電機とこの件、どっちが重要だと思っているんだ！　それにこんな時に下げる頭は、一つでも多い方がいいに決まっている」と言って堀口の主張を一刀両断に却下した。

堀口は渋々従い、俺たち三人は事務所を飛び出し鈴木電装へと向かった。

鈴木電装へと向かう電車の中で俺は「まずい、非常にまずい事になってしまった」と言って天を仰いだ。

「そうですよね、よりによってあの太田部長に話が上がってしまうなんて…もう終わりだ」と堀口もか細い声でつぶやいた。

資材部の太田部長は、鈴木電装の社内でも超有名人で、目的を達成する為には手段を選ばない事で有名だった。そのせいか昇進は異例の早さで、鈴木電装が始まって以来の、三十代で部長になった強者だった。

但し、一度ぶち切れると、もう誰の手にも負えない状態になる事でも有名で、ましてや生産ラインを止めるなどもっての他だ。富岡自動車のラインを止める事は、もちろん恐ろしい事だが、俺はむしろ目の前の鈴木電装の生産ラインを止める事の方が怖かった。金の請求はもちろんの事、あの太田部長の事だ、間違いなく我が社に出入り禁止処分を下す事だろう。そうなれば話は本部長どころか社長にまで上がる。もしそんな事が現実に起これば、俺が今まで積み上げてきた事は全て気泡と化す。この馬鹿な部下のせいで。この愚かな若者のせいで。

と中塚の方を睨みつけた。すると中塚は信じられない位平然とした表情で、窓の外をぼんやりと眺めていた。まるで移り行く景色を、心地よく楽しんでいるかのように。

「中塚、お前は大物だな。自分のミスで周りがこんな大騒ぎになっているのに、全然動じていないのだな」と嫌味たっぷりに話し掛けた。

中塚はこちらを振り向き「だってもうここまで来たら、じたばたしたって仕方ないじゃないですか。あ、すみません、俺が言うセリフじゃないですよね」と言って屈託のない笑顔を浮かべた。

こいつは、こういう空気が全く読めないところがある。悪気はないのかもしれないが、そういうところが俺には全く理解ができなかった。まあ、最大限によく言えば、ある意味相当な大物なのかもしれない。心臓に毛が生えているというヤツか。

俺や堀口のように、他人に媚びへつらう事をしない。いつも自分がドラマの主人公のように振る舞う。ある意味、羨ましくもあるが…

そんな事を考えていると、鈴木電装がある駅に到着した。俺たちは駅からタクシーに乗り込み、急いで工場に向かった。

工場に到着すると、普段の打ち合わせコーナーではなく、大きく立派な会議室に通された。

革のソファーに座りながら、事の重大さを改めて実感し、胃がキリキリと痛んでくるのを感じた。

少し経つと、太田部長以下五名ほどが会議室に入ってきた。

太田部長は四十代前半だが、他の五名はどう見ても五十代に見えた。

中塚は、太田部長とは初対面であった為、名刺交換済ませ俺たちは革のソファーに座った。

太田部長は銀縁メガネ越しに鋭い目つきで、俺を睨みつけると開口一番「あれ、今日は村山部長いないの？」と俺に問い掛けてきた。

「すみません、連れて来たかったのですが、生憎どうしても外せない打ち合わせが入っておりまして…」と俺は嘘をついた。村山部長には、まだこの問題を上げていなかった。最大限の努力をして何とか自力で解決する道を探りたかった。こんな事が部長に上がったら、間違いなく俺の管理能力が疑われてしまう。

太田部長は相変わらず鋭い眼光で俺の目を一直線に見つめ「はぁ～、この件より重要な案件がお宅にあるの？　鈴木電装のラインが止まれば数千万円、富岡自動車のラインが止まったら数億円！　あんたら現実がきちんと見えているのか！」と激しい口調で怒鳴りつけてきた。

「まあええわ、この大問題を片付けてくれるなら誰でもええ。それで今日はどういう納期回答を持って来たの？」と言いながら手帳を開いた。

「それが、確認したのですが、ケーブルがカスタムで…そして今生憎、在庫が切れておりまして…今、緊急で次の入荷を確認しておりまして…」としどろもどろに答えた。

「はぁ〜回答持ってきてないの？　この太田と面談するのに手ぶらで来たの？　はぁ〜」と言いながら、呆れた表情でソファーの背もたれにもたれ込んだ。

「まったく、あんたじゃ話にならん。はよ電話してくれや！」と言いながらソファーの背もたれから、ゆっくりと身体を起こした。

「電話って…村山部長にですか。すみません、ちょっと待ってください、三時までには…」と言い掛けると「はぁ？　村山部長？　何ぬるい事ぬかしとんねん。社長や小木曽社長や！　社長に電話しろと言うとんのよ！　小木曽社長とは、去年の年末も一緒にゴルフさせてもらっている。困ったことがあったら、いつでも連絡くれと言われたわ」と微動だにせず話した。その瞳は、氷の様に冷たく感じた。

「社長に電話と言われましても、我が社にも問題を上げる順番がありまして…せめて村山部長では駄目でしょうか？」と頭を下げて必死に嘆願した。

社長になんか上がったら一瞬で終わりだ。瞬殺だ。もう俺の未来は完全に断たれる。今までの苦労も一瞬で水泡のように消え去ってしまう。せめて村山部長なら、首の皮一枚、何とかつながる可能性はある。

俺はテーブルに額が付かんばかりに懇願した。

「あかんて、あかん、あかん。あのな俺も意地悪をしているつもりはないんよ。でもな、来週うちの生産ラインが止まるのよ。分かる？　今日何曜日？　月曜日だよね？　土日を入れてもあと六日しかないよね。部長や本部長に上げる時間が何処にあるの！　社長に電話しろよ！　鈴木電装の太田が困っていると今すぐ電話しろよ！」と激しく恫喝した。

俺は無言でうなだれた。心臓は破裂するほど大きく高鳴っていた。

隣で心配そうに中塚が「課長…」と小声で話し掛けてきた。俺はうなだれながら「諦めるな。まだゲームは終わっていない」と中塚に小さく呟き「太田部長！　お願いします、三時までお時間をください。信頼出来る我が社の仲間から、三時までに回答を貰う約束をしております。それでダメだったら直ぐに社長へ電話します！　お願いします！」と立ち上がって深々と頭を下げた。つられるようにして、堀口と中塚も立ち上がって頭を下げた。

太田部長は一瞬顔をしかめながら、時計を睨みつけた。

「今、二時半か。分かった、一旦休憩して三時にまた打ち合わせ再開とするか」と渋々承諾した。

何とかここまで持って来たが、最悪の状況に変わりはない。どう考えても、あのカスタムのケーブルが直ぐに入荷するとはとても思えない。小林工場長は、いい加減そうに見えて、実は人一倍細かく几帳面な人だ。その人が厳しいと言うのだから相当厳しいに違いない。もし仮に奇跡が起きてケーブルが入荷したとしても、その後の工程や輸送も含めて優に二週間は掛かるだろう。どう考えても来週に間に合わせるのは不可能だ。工場長が言うように物理的に不可能だ。という事は、三十分間だけ俺の寿命が延びただけの事か。

『いや、あきらめるのはまだ早い。まだゲームは終わっていない。最後の一秒まで出来る事を全て考え尽くすのだ』と自分に強く言い聞かせたが、焦りと絶望感に覆われた俺の頭には、何もアイディアが浮かんでこなかった。

太田部長は無言で席を立ち、会議室から静かに立ち去った。

俺はもう一度冷静になろうと努めた。要はあのケーブルさえあれば、取り敢えず物作りは始められる。あのケーブルさえあれば。最悪、別のケーブルを使って我が社が部品として品質を担保するという事は出来ないだろうか？　いや、それは無理だ。自動車メーカーは部品の変更には、ことさらうるさい。まず承認を得る事は不可能だろう。ではダマで変更した製品を納めてしまうという手はどうだ？　いや、それはあまりにもリスクが大き過ぎる。不具合でも起こって、もしばれたもっと大事になる。じゃあ、一体どうすれば…と必死に自問自答を繰り返していると隣で中塚が、一人ぶつぶつ言いながらスマホを眺めていた。

「何か気になるんだよな、確か…」と呟いた。

「お前本当にいい気なもんだよな。こんな大問題を引き起こしといて…」と言い掛けた時、太田部長が不機嫌そうな表情を浮かべ会議室に戻って来た。時間は二時四十五分を回っていた。後十五分しか残されていない。一体どうすれば…

その時、隣にいた中塚がすかさず席を立ち、太田部長の元へと向かって行った。

中塚は太田部長の前に行くと「あの…人違いだったら大変失礼なのですが、もしかして第88回夏の甲子園大会に和歌山学園の四番バッターで出場した太田選手ではないですか？」と少し緊張した面持ちで尋ねた。

太田部長は一瞬驚いた表情を浮かべ「え？　ああ…そうだけど、君はなんでそんな事がわかったの？」と怪訝そうな表情を浮かべた。

「やっぱりそうだ！　太田健一選手だ。いや～名刺交換した時から何か見覚えのある名前だなと思ってずっと気になっていたんですよ。実は私、大の甲子園マニアで全大会の全選手の成績をデータ化して収集していまして」と少し照れながら答えた。

太田部長は「へ～そうなの、そんな趣味をもっているんだ。でも否定する訳じゃないけど、そんな事して何か面白いの？」と少し微笑みながら問い掛けた。

「データを見ていると、その試合を鮮明に思い出すんですよ。ああ、もちろん太田部長が出場した和歌山学園対熊本実業戦も時々思い出しますよ。あれは甲子園の数ある名勝負の中でも、隠れた名勝負としてマニアの間では評判です。今でもよく覚えていますよ、七回表、ツーアウト、ランナー二塁で飛び出した太田選手の逆転タイムリーツーベース！」と中塚はやや興奮気味に話した。

太田部長の表情は一瞬にして満面の笑みに変わった。

「あ～あのタイムリーね。あれ実はさ、狙い球はカーブだったんだよ。そこにストレートが来ちゃったもんだから、慌ててファールにしようとしたら、タイミングがばっちりあっちゃってね」とまるで高校生の時に戻ったような爽やかな笑顔を浮かべた。

「え～！　そうなんですか。完璧なタイミングで捉えていたから、てっきりヤマが当たったのだとばかり思っていましたよ。これは良い事聞きました。早速、友達のマニア連中に自慢しよ！」と中塚も満面の笑みを浮かべた。

傍から見ていても二人の心は、確実に距離感を縮めているように見えた。

太田部長の表情も、さっきとはまるで別人のように見えた。

とその時、突然太田部長は、目を閉じて上を向きながらゆっくりと人差し指を、高々と天井に向けて突き上げた。

そして「鈴木電装！　ファイト！」といきなり大きな声を張り上げた。

周囲は突然の出来事に、驚きの余り一瞬静寂に包まれた。

太田部長は目をかっと見開き「俺達、鈴木電装も悪いよな！　だってそうだろう！　俺達だって人にまかせっきりで、ろくにフォローも入れてなかったよな！　全部他社のせいにしているよな！」と近くにいた内部の人間に向かって激しく怒鳴り散らした。

「直ぐに生産管理部の平山部長を呼んで来い！　どこまで生産を後ろに倒せるか検討するぞ！　今すぐだ～！」とより一層大きな声が号令のように会議室に響き渡った。

俺は唖然として、その一瞬の出来事に吸い込まれて身動きが取れなかった。

さっきまで、どこかのヤカラのように陰湿に絡んできたあの怖いおっさんが、今はまるで爽やかな高校球児のようだ。

窓から爽やかな初夏の風が、会議室を吹き抜け、淀んだ空気が一変していくのを、俺は全身で感じ取っていた。

とその時、携帯電話が鳴り響いた。小林工場長からだった。

「おい、ラッキーだな。ケーブルの入荷目途が立ったぞ。但し、完成品として来週の月曜日に納品は無理だ。幾ら部品の持ち回りで対応しても、物理的に不可能だ。やれて来週末が精一杯だ。それで交渉出来そうか？」と少し心配そうな声で尋ねた。

「工場長、ありがとうございます。絶望的な状況からは脱出出来そうです。とにかくやってみます」と言って電話を切ると俺は勢いよく太田部長の所に駆け寄った。

太田部長は、丁度ホワイトボードに工程計画を書かせている所だった。

「部長！　たった今、工場から連絡が入り、何とか来週末には納入出来そうです！」と興奮気味に伝えた。

「おおそうか！　よし！　ここまできたら、後は俺たちがやるしかないぞ！　ラインを入れ替えて来週末に部品が入荷してから、最短の生産スケジュールを引き直せ！」と内部の社員たちを一層に鼓舞した。

「何とかなるかもしれない」と俺は思わず小声で呟いた。極度の緊張感から解き放たれ、全身に疲れとだるさが一気に襲い掛かり、ぐったりと椅子に座り込んでしまった。

「やりましたね、課長」と隣で中塚が満面の笑みで話し掛けてきた。

俺は疲れ切った表情で、まじまじと中塚の顔を眺めた。

つくづく不思議な男だ。まるでこうなる事を楽しみたかったから、わざと失敗をしたのではないかとさえ思えた。

俺は椅子の背もたれに、まるで接着剤で背中を張り付けたように、しばらくの間背もたれから離れる事が出来なかった。


翌日、俺は鈴木電装の畠山課長に電話を入れ、調整状況を確認した。

今まさに太田部長が舵を切り、全社を挙げて検討しており、明後日には結果が出るとの事だった。

俺はその二日後、堀口と中塚を連れ、畠山課長の元へ面談に向かった。

会議室に通されると畠山課長は開口一番「おたく運がいいね。何とか調整出来たよ」と優しく微笑んだ。

「え！　そうですか〜あ〜助かった。本当に良かった」と俯いた。嬉しさの余り、目にはかすかに涙が浮かんでいた。

「でもね、調整は大変だったんだよ。おたくのコネクターの入荷予定日から何度も逆算して、生産計画を引き直したのだが、どうしても富岡自動車の要求日から三日合わなくてね」と少し険しい表情を浮かべた。

俺は一瞬ぞっとした。「え、それでその三日はどうやって…」と畠山課長の目を一直線に見つめた。

「太田部長がね、富岡自動車に乗り込んで相手の生産管理部長に調整をお願いしたんだ。何度も何度も頭を下げてね」と窓の外に目をやりながら状況を思い出すように話した。

あのプライドの高い太田部長が、何度も頭を下げてくれたとは。

「課長、今日、太田部長は？」と慌ただしく尋ねた。

「あ〜社内には居るけど、今日は一日中会議だ」

「そうですか、それでは、太田部長には、くれぐれもよろしくお伝えください。必ず後日お礼に参りますから」と言い残し会議室を後にした。

工場の正門を出ると堀口が「いや～でも驚きましたね。あの太田部長が何度も頭を下げたなんて」

「あ～全くだ、俺も信じられん」とゆっくり歩きながら話した。

「そうですかね、私は全然違和感を覚えません。あの甲子園の試合は、太田選手の逆転ツーベースで一度は試合がひっくり返ったのですが、結局最終回に押し出しのファーボールで和歌山学園はサヨナラ負けをしたのです」と中塚は記憶を辿るように話し始めた。

「あの時、泣き崩れるピッチャーの元に一番に駆け寄って肩を抱きしめたのが、一塁を守っていた太田選手でした」と懐かしそうに話した。

「あんなに優しくて、人一倍篤い感情を持っている人だ。それで仲間が救えるのなら、頭の一つや二つ下げる事なんて、大した事ではないと思いますよ。あ、いけね、俺が言うセリフじゃないですね」と少し反省した表情で頭をかいた。

俺はそんな中塚の表情を見つめ、つくづく大物だと思った。もうこうなると、馬鹿を通り越して、物凄い大物に見えてくる。

でもたった一つだけ確かな事があった。今回の件は、こいつが原因で起きた事とはいえ、あの絶対絶命のピンチを救ったのも、間違いなくこの男だ。偶然とは言えこいつが、甲子園マニアでなかったら、俺は今頃どうなっていたことやら。そう考えると一瞬背筋に寒気が走った。

「全く不思議な奴だ」と小さく呟きながら駅に向かうバス亭でバスを待っていると、少し湿った生命感漂う風が吹きつけてきた。

季節はそろそろ初夏を迎え、偶然にも甲子園を掛けた熱い戦いが各地で始まろうとしていた。

あの灼熱の夏が来る前の、序章のようなこの季節が俺は大好きだった。

梅雨の薄暗い雨で、植物たちは息を吹き返し、その力強い生命感を風に乗せて運んでくる。

俺は何とか生き延びた。そんなどこか複雑な想いで、中塚の横顔をただ何となく見つめていた。

〈逆転その2〉

その日は朝から憂鬱な気分だった。今日は俺が最も恐れていた来年度の予算会議の日だった。

首都圏営業部は、四つの課に分かれており、いつも数字を競い合いながらしのぎを削っていた。

だがここ二年間は、担当顧客の生産状況が芳しくなく、わが営業三課は4つの課の中で最下位の予算しか組めず苦汁をなめ続けていた。実際、来年度も目立った大型案件がなく、このままでは間違いなくまた最下位の売上予算になり兼ねない状況だった。

冬の寒さが一層身に染みる朝、会社に到着するなり、早々に部下たちを会議室に集め課内の予算打ち合わせを始めた。

「みんなもよく分かっていると思うが、このままでは、我が営業三課は間違いなく来年度も最下位の予算金額になる。会社も2年間は目を瞑ってくれたが、さすがに3年目は許してくれないだろう。仮にもしそんな事になったら、他の課に統合だってあり得ない話じゃない。その危機感を持っているか！　降格やリストラだってあり得るという事だぞ！」と強い口調でまくし立てた。

会議室は一瞬静まり返った。

「だから午後の部内会議に臨む前に、予算に積んでいない案件を確認したい。堀口、何かないのか、隠し玉は？　営業だったら隠し玉の一つや二つ持っているだろう？」と堀口を強い目線で睨んだ。

「そんな、この期に及んで隠し玉なんて…というより課長は、この前みんなが提出した予算案に一体幾らプラスする腹積もりなのですか？」と真顔で尋ねてきた。

「六億円だ、それぐらいプラスしないとまたビリ確定だ」と俺は少し悲痛な表情を浮かべた。

「六億円…」と会議室が苦笑にも似た笑いに包まれた。

「課長、幾ら何でもこの期に及んで六億円の上積みはないでしょう。無理に決まっています。もう少し現実的な線引きをしてくださいよ。そんなのいきなりカメに空を飛べと言っているようなもんだ。俺たちにガメラになれと言うんですか？」と堀口が少し馬鹿にしたような態度で笑いながら反論した。

「黙れ！　俺だってなぁ、無理を言っている事は百も承知している。でもまだゲームは終わっていない。今日の午後三時から始まる予算会議が終わるまではな！　それまではたとえ1％でも可能性があるなら、それを追求するのが営業マンたるものだろうが！」と席を立ち上がり部下たちを鼓舞した。

　堀口は憮然とした表情で「正論を盾に無茶を押し付けるのは止めてくださいよ。課長はいつもそうだ。無理な物は無理ですって。無意味な精神論を押し付けるのは止めてください。全くもって時間の無駄だ」と椅子をくるりと回して俺に背中を向けた。

　俺は少しカッとなり「なんだ堀口その態度は！　幾ら何でも上司に向かってその態度はないだろう！　俺だって真剣に悩んでいるんだ！　六億円なんて無理なのは百も

承知だ！　でもな、ここで諦める訳にはいかないのだ！　お前たち！　もう少し協力的な姿勢を見せたらどうなんだよ！　俺たち一つのチームじゃないのかよ！」と少し甲高い声でまくし立てた。

すると堀口は椅子をくるりと回し俺の方に向き直り「俺だって協力出来る事があれば、何でもしますよ！　一課や二課の奴らに負け続けるなんて、俺のプライドが許さない！　でも六億ですよ、六億！　来る事と出来ない事があります」と怒りの表情でまた反論してきた。

堀口という男は、一見クールに見えるが実は根っこの部分は熱い炎が燃え滾っている事を、俺はよく知っていた。確かに堀口の言う通り精神論だけでどうにかなる数字ではない。無理なことは、本当は俺が一番よく分かっている。

堀口の激しい反論を受け俺は少し俯き「確かにこのタイミングで六億円の上積みは流石にちょっとな…」と言い掛けた時、中塚が「あの～」と小声で自信なさそうな表情で手を上げた。

「どうした中塚」と尋ねると中塚は「いや～今、計算し直したんですけどね…」と少し恥ずかしそうに笑った。

「いや～実はちょっと計算間違いがあった事に気付きまして…」と言いながら自信がなさそうな表情を浮かべながら話を続けた。

「この前、報告したと思うんですけど、ヤマト電機の警報機器の商談なんですが、年間六万台と報告したんですけど、実は六十万台の聞き間違えでして…それが分かったのが昨日でして…」としどろもどろに話し始めた。報告間違えを俺にどやされると思ったのか、少しビクビクした表情を浮かべていた。

「しかも一台一個使いだとばかり思っていたのですが、昨日改めて確認したら、一台五個使いという事が分かりまして…」と更にバツの悪そうな表情を浮かべた。

すると堀口が「あのヤマト電機の案件だろ。あれは多ピンのコネクターで50ピンは最低必要になるから、一個あたり最低でも三百円はするわなぁ」とぼんやりと呟いた。

俺も少しの間、茫然と中塚の失敗談を聞いていたが、ふとある事に気付き電卓を夢中で叩いた。

「きゅ、きゅ九億円…きた！　九億円だ！」と声の震えを必死に抑えながら叫んだ。みんな一瞬ぽかんとした表情を浮かべたが、直ぐに電卓を叩き始めた。「た、確かに九億だ！　年間九億円だ！」といつもクールな堀口が珍しく動揺した表情で叫んだ。

その瞬間、陰湿な空気に包まれていた会議室から一斉に歓声が沸き上がった。

「すごいぞ！　中塚！　九億だぞ！　九億！　それで量産時期はいつだ？」と俺は固唾を飲んで尋ねた。

「え〜と、確か量産は半年後で来年の七月です」と答えると、他の所員はまた一斉に電卓を叩き始めた。

「課長！　大丈夫です、いけます！　七月から六億七千五百万円が、来年度内に寄与出来ます！」と堀口が興奮した表情で席を立ち上がった。

「そうか！　そうか！　やった～！　万歳！」と俺も我を忘れて両手を高々と天井に突き上げた。

　会議室は更に大きな歓声に包まれた。

　すると「でも～…」と中塚が周囲の歓喜をよそに不安そうな表情を浮かべ俺たちの興奮状態に水を差すよう話し方で話し始めた。

「まだうちの受注が決まった訳ではありませんし、うちを含めて三社の競争になるので。それに…」と話すと堀口が「そりゃそうだろう、こんな大口商談に競争がない訳はない、当たり前だ。どうせ競争相手は入山電機とか日本コネクターとかそのあたりだろ」と中塚の話を遮った。

「競争なんてこの業界あって当然だろう。そこで商談を勝ち取ってくるのが営業の仕事だろうが」と俺も堀口の意見に同調した。

「それで幾らを提示すればいいんだよ、もちろんターゲット単価は訊いているんだろ」と少しイライラしながら畳みかけた。

「それが～…なかなか教えてもらえなくて」と中塚は口ごもった。

「教えてくれない訳はないだろう。これだけの大口商談だ、向こうだって一円でも安く買いたいに決まっている。むしろ法外な安い値段を吹っかけてくるのが購買部門の常套手段だ」と堀口が指摘した。

「それが…何というかそういう次元じゃないというか…その～」と言い掛けた時俺は「あ～！　もういい！　とにかく直ぐにアポイントを取って俺を連れていけ！　俺が絶対にこの商談をもぎとってきてやる！　入江電機、日本コネクター！　皆まとめてなぎ倒してくれるわ！　がはははは!!」と高らかに雄たけびを上げた。

　俺の迫力に押されるように中塚は、急いで会議室を飛び出し、アポイントを取るために事務所へ戻って行った。

「いいぞ！　課長！　その勢いで頼みますよ！」と堀口が調子の良い相槌を入れた。

「取り敢えず今日の予算会議は、この商談を取る前提の数字で部長に報告する。みんな驚くだろうな～、絶対にまた三課がビリだと思っている筈だからな～」としてやったりの表情を浮かべた。

　とその時、中塚が会議室に戻ってきた。

「課長、先方の大倉部長に連絡したのですが、明日の午前中、三十分程度であれば時間を貰えそうです」と少し息を切らせながら話した。

「よし！　三十分もあれば十分だ！　明日注文書を取って来るぞ～！」と右拳を高々

と突き上げた。

「営業生活二十年、幾多の敵をなぎ倒してきた技の集大成を見せつけてやるぜ！」と俺は意気揚々と会議室をあとにした。

中塚は「違うんだよな〜、分かってもらえないな…」と小さく呟きながら会議室の扉を開け浮かない表情で事務所に戻っていった。


翌日、ヤマト電機へ向かう電車の中で俺は「資材部の大倉部長って、会った事あるよな。確か昨年末の挨拶にも出て来られたよな。あの何というか物腰の優しそうな温厚な感じの」と記憶を呼び戻しながら中塚に質問した。

「そうです、その方です。その方が大倉部長です。優しそうと仰いましたが、私にはちょっと違う印象で…」と言って口ごもった。

「そうかな、あんな優しそうな方は、この業界、そう、特に資材部には滅多にいないと思うけどな」と軽く笑った。

それでも中塚は、どこか思慮深く見える固い表情を、終始崩すことはなかった。俺はそんな中塚の表情を見るのは初めてだった。

電車で最寄り駅に到着すると、俺たちはタクシーに乗り込みヤマト電機へと向かった。工場に到着すると受付を済ませ、会議室へと案内をされた。しばらく会議室で待っていると、資材部の大倉部長が入ってきた。

「いや～野口課長、久しぶりだね、すっかりご無沙汰しちゃって申し訳ない」と軽く会釈をしながら大倉部長は穏やかに席に着いた。

相変わらずの低姿勢な態度が、極めて印象的で俺は少し安堵感を覚えた。

俺たちは席を立ち上がり「こちらこそご無沙汰してしまい申し訳ございません」と言って会釈をした。

「いいんだよ、お互い忙しい身だしね。それに言うじゃない『便りがないのは良い便り』ってね。大きな問題が起こっていない何よりの証拠だよ。私が出張って行くのは大概大きな問題が起きた時ばっかりですから」と言って優しい笑みを浮かべた。

俺はその優しい笑みを見つめながら「何て透明感のある優しい笑顔なんだろう」と思った。何というか心の底から笑っているというか、全く邪念や毒素が感じられない。むしろその穏やかな微笑みに、俺は軽い癒しすら覚えていた。

「いや～そう言って頂けると救われます」と言いながら席に座った。

「ところで今日の要件はなんでしたかな。生憎、今日はあまり時間が取れないもので」と言いながら大倉部長は慌ただしくノートを開いた。

「あ、お忙しい所申し訳ございません。先日、中塚へお引き合いを頂いた検査装置用のコネクターについてなのですが」と言って俺は少し前のめりの態勢を取った。「さあ、戦闘開始だ」と心の中で呟いた。

「今回お引き合いを頂いた多極のコネクターは、弊社が最も得意としているタイプです。是非、貴社のビジネスにご協力させて頂けないかと考えております」と真剣な表情を浮かべた。

「それは、ありがたい事です。是非ともご協力をお願いします」と大倉部長は優しく微笑んだ。

「もちろん、弊社としましても最大限のご協力をさせて頂く所存です」と言って俺も軽く微笑んだ。

「それでなんですけどね部長、お値段的には幾らくらいを目標に検討すればよろしいでしょうかね。当然、御社にもターゲット単価があると思うのですが」と一番聞きたかったことを単刀直入に切り込んだ。この紳士的なタイプは、遠回しに攻めるよりもズバリ切り込む方が効果的であると俺は過去の経験から判断した。

　大倉部長は少し困惑した表情を浮かべ「その話は、そちらの中塚さんにも申し上げましたが、御社のベストプライスを提示してください。こちらもそれを真摯に受け止めて検討しますから」と優しい笑顔は消え真剣な表情で答えた。

「いや～部長、そう申し上げましても御社にも目標単価があると思うんですよね。やっぱり百円玉三個位ですかね、いやいや、この商談規模なら百円玉が三個以下ですかね～」と少しおどけた表情を浮かべながら尋ねた。

大倉部長は全く表情を変えずに「そこは御社で市場価格を鑑みて決めてください。他社にも同じことを申し上げておりますから」と微動だにせず答えた。

「いや～部長、そこを何とかお願いしますよ。仰っていただければ、必ずその価格を提示する自信が私にはあります。社内のうるさい連中をねじ伏せてきますから。幾らですかね？　牛丼一杯分くらいですかね？　あ、さすがに大盛ってことはないですよね」と言ってわざとらしく大声で笑った。大倉部長は大きな溜息を一つついて静かに話し始めた。

「野口さん、いいですかよく聞いてください。みなさん営業の方たちは、今回の注文を何とかして取りたいのでしょう。その気持ちはよく分かりますよ。私だって入社してからずっと資材畑で働いていますが、こんな大きな金額の引き合いを出させてもらうのは初めてです。だから私の一言で皆さんに迷惑を掛けたくないのです。分かりますか、私は誰も不幸にしたくないのです」と神妙な趣で話し始めた。

「確かにおっしゃる通り、会社からは幾らにしろと言われている目標価格はあります。でもね野口さん、私は今回それを言わない事に決めたのです。少し極端かもしれませんが、私の一言で皆さんの人生が変わってしまうかもしれないじゃないですか。私にはそんな事はとても出来ない。人の人生を左右する権限など、残念ながら私には持ちあわせていない」と思慮深い表情で首を左右に振った。

「いや、部長、おっしゃられる事はよく分かりますよ。それはもちろんそう思いますよ。ただこういう事は商売上よくある事じゃないですか。ちょっと大袈裟に考え過ぎですよ。どうしたって競争がある以上、勝者と敗者は存在します。ああ、もちろん我々は、今回勝者になりますけどね」と言って高笑いをして場の雰囲気を変えようと必死に努めた。

大倉部長は、溜息を一つつくと時計に目をやりながら「野口さん、この話はこれ位でいいですか。申し訳ないが次の会議が控えているもので」と言いながら静かに席を立った。

「ぶ、部長〜、ちょっと待ってくださいよ」と俺は慌てて引き留めようとしたが、大倉部長はそのまま歩き出し、そそくさと会議室を後にした。

俺はどっかりと椅子に座り込み「こいつは意外と厄介な相手だな」と隣に座っている中塚に話し掛けた。

「そうなんですよ。ずっとあの調子で、話もろくに聞いてくれないんですよね」と言って顔をしかめた。

「確かに手強い相手だが、人間、絶対どこかに攻略ポイントがある筈だ。諦めるな、まだゲームは終わっていない。いいか、来週早々に、そうだな、夕方四時半位にアポイントを取れ。分かったな」と中塚に指示を出した。中塚は「分かりました。でも何故夕方なのですか」と怪訝そうな表情を浮かべた。

「決まっているだろ、接待するんだよ。アルコール漬けにして、こっちに抱き込むんだ。いいか、人間なんてもんはな、どんなに紳士面したって、所詮は欲望の塊よ。旨い物食わせて、綺麗な女でも横につけりゃあ、もういちころよ。これで大口受注はこっちのものだ」と言ってニヤリと悪い顔で笑った。

中塚はどこか納得のいかない表情を浮かべながらも「分かりました」と言って頷いた。

翌週になり、大倉部長との面談の日が訪れた。

俺は仕事を早めに切り上げて、外出の準備を始めた。

「おい堀口、今日は俺と中塚はヤマトさんから直帰するからな、何かあったら頼むぞ」と言ってホワイトボードに行先を書いた。

「え、直帰って接待か何かですか？」と尋ねてきた。

「例の件だよ」と言ってニヤリと笑った。

堀口は「そうか、課長！　頼みますよ！　得意のアルコール漬けで！　きっちり漬け込んできてくださいよ！」と言いながら嬉しそうな表情で俺たちに手を振った。

「ああ、まかしておけ。綺麗に漬け込んできてやる！」と言いって高笑いをしながら中塚と一緒に事務所を出た。

ヤマト電機に到着すると、打ち合わせロビーから大倉部長へ連絡した。夕方という事もあり、打ち合わせロビーには俺たち以外誰もいなかった。

「中塚、好都合だな。俺たち以外誰もいない。こういった事は、他社に知られると色々と面倒だからな。よし、運も味方してきたぞ！」と話していると、大倉部長がゆっくりと打ち合わせロビーに入ってきた。

俺たちは立ち上がり軽く会釈をしながら、大倉部長が来るのを待った。

大倉部長はテーブルに着くと、相変わらず柔らかい笑みを浮かべながら席に座った。

「いや～お待たせしてしまって申し訳ないです。前の会議が少し長引いてしまって」と言いながら申し訳なさそうにノートを開きながら「さて、今日は何の要件でしたかな」と尋ねてきた。

「今日はコネクターの最新需給状況のご報告にお邪魔しました」と中塚がやや緊張した表情で答えた。

「丁度、昨日弊社で需給会議がございましてね。今日は最新の情報をお持ちしました」と言って俺は大倉部長の前に資料を提示して内容の説明を始めた。

『今日の訪問目的は、今、目の前に温和な笑みを浮かべて座っている人間をアルコール漬けにして、化けの皮を一枚一枚剝がし、その剝き出しの欲望を満たし、こちら側の味方につける事だ』と一人静かに心の中でほくそ笑んだ。

一通りの説明を終え、幾つかの全くどうでも良い質疑応答に対応しながら相手の懐に切り込むタイミングを見計らっていた
そして質疑応答の一瞬の隙を突き俺は大倉部長の懐へ切り込んだ。

「あ、もうこんな時間か」と言いながら俺は打ち合わせ室の時計を、わざとらしく覗き込んだ。時計は五時半を少し回っていた。

「部長、どうですかこの後、軽く食事でも行きませんか。いやね、駅裏にいいお寿司屋さんを見つけたんですよ」と軽くジャブを打った。

大倉部長は少しうつむき加減で資料を眺めながら「いや、今日はちょっとね、女房に家で食事をすると言ってありましてね」と小声で呟いた。

「いや、部長、軽くですよ本当に軽く。お寿司を少しつまんで、ビールを少し飲む位いいじゃないですか。それ位ならお家で食事もちゃんと取れますよ」とさりげなく誘った。

ここであまり強く誘うと危険だ。相手に警戒される。俺は長年の経験でその感覚が体に染み込んでいた。

「野口さん、私は女房の作る料理が大好きでしてね。特に女房が作るビーフシチューに目がなくて。そう、そして今日はそのビーフシチューを作ってくれる日なのですよ。

きっと朝からコトコト煮込んでくれているはずだ」と少し照れながらも嬉しそうな表情を浮かべた。

　手強い。こいつはかなり手強い。断る理由に家庭事情を持ち込んできやがった。これで俺の攻め手が一気に狭まってしまった。まずい、ここは方針転換が必要だ。

「そうですか部長分かりました、今日はご都合が悪そうですね。急なお誘いで申し訳ございません。それじゃ明日、いや今週のいつでも構わないので、ご都合の良い日はありませんか」と今日は潔く撤退して別の日に方向転換を試みた。

『これで逃げられまい、まさか毎日女房のビーフシチューを食べる訳じゃないだろう』と心の中でほくそ笑んだ。

　すると大倉部長は資料を片手に「今日はありがとうございます。大変参考になりました。では私はこのへんで」と言って笑顔を浮か席を立った。

「待ってくださいよ部長、今週いつでもいいんです、少しだけ付き合ってくださいよ」と俺は慌てて大倉部長を引き留めようとした。しかし、大倉部長は俺たちに背を向け「青い光で世界平和を」と呟き一礼をして打ち合わせロビーを後にした。

　俺は茫然と部長の背中を見送った。

「手強い、こいつは本当に手強い。初めてだこんなタイプは」と半ば独り言のように呟いた。何とも言えない惨めな敗北感を背負いながら俺と中塚は打ち合わせロビーを後にした。

翌朝、事務所に入ると堀口が、俺のところに駆け寄ってきた。

「課長、どうでした昨日は。もちろんアルコール漬けでターゲット単価くらいは聞き出したんでしょ」と期待に満ちた表情で問いかけてきた。俺は「それが…失敗でな」と少し申し訳なさそうな表情で答えた。「え、失敗？　一体どういう事ですか？」と堀口は不思議そうな表情を浮かべた。

「それが、あの人何を考えているのか全く分からんのだ。全く摑み所が見つからんのだ。何というかその急所が分からんのだ。摑みに行こうとするとヌルっとかわす」と少し悔しそうな表情を浮かべながら答えた。

「そうですか…なんかよく分かりませんが手強そうな相手ですね」とあまり感情を浮かべずに同情した。「でも課長、そんな弱音を吐いている時間はありませんよ！　量産立ち上げ時期から逆算すると、もう今月末には採用メーカーを決める筈です。今日が25日、もう数日しか時間がありませんよ。しっかりしてくださいよ！　もうあの予算で申告しちゃっているんでしょ！」と今度は一転して感情剝き出しにして俺を鼓舞してきた。

「ああ、『来年度は三課の年です、任せてください』と鼻高々申告している。そうだ、そうだよな！　何がなんでも取らなきゃいけないんだよな！　こんなところで落ち込んでいる場合じゃない！　そうだ、まだゲームは終わっていない！」と言いながら勢いよく席を立ち「中塚！　アポイントだ！　大倉部長に十分、いや五分でもいいから時間をもらえるように調整しろ！」と鬼気迫る表情で指示を出した。

そして勢いよく立ち上がると「あきらめるな！　そうだ、まだゲームは終わっていない」と挫けそうな自分の心に無理やり言い聞かせた。

そして、二日後の木曜日に何とか五分だけ大倉部長に時間を貰うことが出来た。

俺は打ち合わせロビーの椅子に深く腰掛け戦略を練っていた。何しろ俺に与えられた時間は五分しかない。五分で相手を仕留めなければならない。あの手強い相手を僅か五分で仕留めるのはかなりのハードルだ。

「もうここまで来たら変化球を使うのは止めだ」と窓の外に目をやりながら独り言のように静かに呟いた。窓の外には、先日降り積もった雪が冬の強い日差しを受け、木の枝から少しずつ溶け落ちていた。

「そう！　ここは、もう直球勝負だ！　本音で真正面からぶつかってやる！　誠心誠意穢れなき心で訴えれば、必ずや伝わる筈だ。あのタイプは最後それしかない。そして僅かな心の隙を見つける事ができたなら一気に突っ込み、あの氷のような心のバリケードをぶち壊してやる！」と勢いよく椅子を立ち上がり、横に座っている中塚に目をやると中塚はスマホをいじっていた。

俺は椅子に座ると「お前さ～、少しは一緒に考えたらどうなんだよ。そりゃ分かるよ、確かにお前の手に負える相手じゃない。そう、お前じゃ絶対に無理だ。でも考えているふり位は出来るだろうが」と嫌味たらしく中塚に話していると、大倉部長が忙しそうにロビーに入ってきた。

俺は「部長～すみませんお忙しいところ」と媚びるように低姿勢で、大倉部長に向かって歩いて行った。

大倉部長は「いや～今日は明日の会議資料を作るので、本当に時間が無いのですよ。今日はすまんが、立ち話でお願いします」と少し申し訳なさそうな表情を浮かべた。

「もちろんです、もちろんです、部長。今日はそのつもりで訪問しました」と直立不動で答えた。

そして大倉部長の優しそうな眼をしっかり見つめると「単刀直入に申し上げます。例のコネクターのターゲット価格を教えてください。私は御社の事を大切な顧客と思っています。これは本心です。それだけは信じてください。ですから一円でも御社のお役に立ちたいと心の底から本気で思っています。何とかお願いします！　ターゲット価格を教えてください！」と真摯な表情を崩さずに深々と頭を下げた。それにつられるように、少し遅れながら中塚も深く頭を下げた。

「野口さん、またその話ですか」と大倉部長は少しうんざりした表情を浮かべながら
「だからその件は、何度も御社のベストプライスを出してくださいと申し上げた筈です。忙しいので失礼します」と冷たく言い放つとクルリと背を向けた。

　そして「青い光で世界平和を」と呟き一礼をしてロビーから足早に出て行った。

　俺は「ぶ、部長～そんな殺生な」と慌てて引き留めようとしたが無残にもロビーの扉は勢いよく閉まった。

「あ～…」と思わず力なくその場にしゃがみ込むと、中塚が勢いよく扉を開けて廊下に飛び出していった。

「大倉部長～！」と言いながら廊下を歩いている大倉部長の元に駆け寄った。大倉部長は怪訝そうな表情を浮かべながら足を止めた。

「部長、すみません。この前から気になっていたのですが、もしかしたら世界イナズマ教会の信者さんじゃありませんか？」と少し息を切らせながら尋ねた。すると大倉部長の表情が一変した。「な、なぜそれを」と鋭い眼光で中塚を睨んだ。

「いや～実は私も母の影響でイナズマ教会に入信していまして。部長がいつも帰り際に呟かれる『青い光で世界平和を』という言葉を聞いてもしかしたらと思いまして」と少し嬉しそうな表情を浮かべた。

「私も朝昼晩と三回は必ずあの言葉を天に向かって唱えています」と今度は少し照れくさそうに話した。

大倉部長の表情は、一層厳しく引き締まった表情に変わり「そうか分かった。いいか、同志よ、今から言う事をよく聞け。280円だ。黙って280円の見積もりを持ってこい。明日の一時半に会議があるから、そうだな、遅くとも午後一番には正式見積もりが欲しい」と少し早口で話し始めた。表情は全く変わらず、さっきより眼光の鋭さが増しているように感じた。

「今まさにその比較資料を作っているのだが、特性面は各社一長一短あるが、決定的な決め手に欠ける。あとは価格だ。280円を持ってくれれば私が無理やり押し込んで決めてやる」と少し微笑みながら話した。しかし眼光の鋭さはさっきと全く変わっていなかった。「ただひとつ厄介なのが、入山電機だ。設計部長の高原が、入山電機を押している。設計的に使い易いだなんだと言い出したら恐らく入山電機に決まるだろう。それを阻止するためには280円の見積もりが必要だ。分かっているな同志よ、これは戦争だ。そして本当の戦いはこれから始まる」と鋭い目線で中塚を睨みつけニヤリと笑い「青い光で世界平和を」と呟き足早に事務所へ戻っていった。

中塚は打ち合わせロビーに戻ると頭を抱えて無残にしゃがみ込む俺の前に立ち「課長、280円です。それが出せればうちに決めてくれるそうです」と淡々と話し始めた。

　俺は勢いよく立ち上がると「なに～！　一体誰がそんなことを」と激しく中塚に詰め寄った。

「大倉部長が先ほどおっしゃってくれました。いや実は部長と私は同じ宗教の信者だということが先ほど分かりまして。それで２８０円を出せば俺が絶対に決めてやると。まあ実を言うと私はそれほど信仰心が厚くない、なんちゃって信者なんですけどね」と頭を掻きながら屈託のない笑顔を浮かべた。

　俺は中塚の両肩を力一杯握りながら「今からすぐ工場に向かうぞ！　緊急会議だ！」と叫びながら勢いよくロビーを飛び出した。


　工場の最寄り駅に着くと、俺は開発部の高橋へ電話をした。「ああ、高橋、今から直ぐにそっちに向かうから緊急ミーティングの準備を頼む。三時には入れると思う。え、明日にしてくれ？　ふざけるな！　絶対に今日だ！　今すぐだ！　それから製造部門の連中も何人か同席させてくれ。頼むぞ！」と言って一方的に電話を切った。

　開発部の高橋は、俺の同期で課長ではあるが社内の原価管理を任されており提示価格の実質的な決定権を持っていた。

　俺と中塚は、工場に到着すると高橋がいる開発部へと急いで向かった。

高橋は俺たちを見つけると「何だよ、野口！　一方的に緊急会議って！　こっちにだって都合ってもんがあるんだからさ～勘弁してくれよな」と迷惑そうな表情を浮かべながら席を立ち、こちらに歩み寄ってきた。「いや～すまん、でも本当に緊急なんだ。例のヤマト電機の件、明日の午後一番までに価格回答をしなければならないんだ」と少し申し訳なさそうな表情を浮かべた。本当は申し訳ないなどという気持ちは、これっぽっちもなかったが、今、高橋を敵に回すのは得策ではないと判断していた。こいつも所詮、俺が出世する為の一つの駒でしかない。無機質で血の通っていないただのツールだ。今はこのツールを有効活用する事だけを考えればいい。

高橋は少し諦めの表情を浮かべながら「まあ、ヤマト電機の案件はこっちにとっても重要な案件だ。会議室を予約したからそっちでゆっくり話を聞こうか」と言いながら会議室へ向かった。

会議室に入ると、既に生産管理部の課長と部下二名、生産技術部の主任が席に着いて俺たちの到着を待っていた。俺は頭を下げながらも「こいつらはどうでもいい。駒にもならん。俺のターゲットは高橋だけだ」と心の中で呟きながら席に着いた。

「皆さん、お忙しい中、急にお時間を頂いて申し訳ございません。でも一刻を争う状況なのです。ご理解お願いします。例のヤマト電機の案件ですが、今さっき資材部長と面談して明日の午後一までに２８０円を提示出来たら、うちに決めると言って頂いたのです」と俺は単刀直入に結論から切り込んだ。

するとと会議室が一瞬ざわついた。そして少しすると高橋が「280円か～厳しいな、まあ、あの規模の商談だから300円までは覚悟して社内の了承は取れていたんだがな。そうか280円と来たか。参ったな」と言いながら髪を掻きむしりながら困った表情を浮かべた。

「高橋、確かに厳しい価格かもしれないが、向こうの設計部長が入山電機を押しているようなんだ。こうなったらもう俺たちは、資材部長にすがりつくしかない。だから頼む！　大至急検討してくれ」と机に頭がつくほど懇願した。スマホをぼんやり眺めていた中塚も慌てて頭を深く下げた。

高橋は、黙って下を向きながら電卓を叩いていた。顔を上げると険しい表情で「ちょっと難しいな。さすがに赤字で商売する訳にはいかんだろ。こっちだって仕事だ、出来る事と出来ない事がある」と言いながら椅子に深く座り込んだ。「そこを何とか頼む。無理を言っているのは百も承知だ。でもこの商談だけは絶対に取りたいんだ。この商談だけは」と俺は必死に食い下がった。『そうだ、この商談だけは取らなければならない。こいつを取って一課や二課の連中を蹴落としてやるんだ。誰のために？　もちろん俺自身の為だ。ここにいる連中はその為のツールでしかない』と心の中で呟いた。

するとと今まで黙り込んでいた生産管理部の吉本主任が口を開いた。「280円が厳しい価格なのはよく分かります。でも生産管理部としても絶対に受注したい案件です。来年度から、松山自動車の北米向けに採用されていた多ピンのコネクターが他社に切り替えられた関係で、その生産ラインをこのヤマト電機向けのコネクターで埋める事が急務です。これは部長の指示でもあります」と真剣な面持ちで訴えた。高橋は少し困惑した表情を浮かべながら「あ〜、よし分かった。生産場所、部材メーカー、あと購入単位を今すぐに見直すか！　そうと決まったら営業以外はここに残ってくれ！」と言って勢いよく立ち上がった。俺も立ち上がり「高橋、頼む！」と言って頭を深く下げた。280円が出せるかはまだ分からない。過去の経験上、五分五分と言ったところか。でもここからだ。『まだゲームは終わっていない』と小さく呟いた。

会議室を出て、中塚と最寄りの駅に向かいながら「中塚、お前会議で一言も発言がなかったじゃないか。取りたくないのかこの商談が」と少し嫌味な口調で話した。中塚は少し俯きながら「そんなことはありません。でも何かもう自分の手を離れてしまったと言うか…何か他人事のように感じてしまうのです」と少し申し訳なさそうな表情を浮かべた。「まあ、確かにこれくらいの規模の商談になると部長や事業部長が動き出すからな。ちょっと他人事感は出るかも知れん。でも280円を聞き出したのは間違えなくお前の功績だ。もっと自信を持て！」と言ってポンと肩を叩いた。それでも中塚は、一瞬表情を崩したが、相変わらず少し俯いたまま、どこか覇気の感じられない表情は変わることがなかった。

翌朝一番、事務所の電話がけたたましく鳴り響いた。電話の主は開発部の高橋だった。部下が俺に電話を回し、受話器が割れんばかりに固く握りしめた。「高橋、昨日は急な打ち合わせで悪かったな。それでどうだ価格は？」と俺は待ち切れずに結論を煽った。「昨日はあれから十一時まで会議だ。しかも部長と事業部長の承認を取るために今日は八時出勤でさっきまで打ち合わせだ。もう眠くてたまらんよ」と少しうんざりした声で話した。「そいつはすまん、感謝するよ。で、どうなんだ２８０円は？承認取れたのか？」と俺は答えが待ち切れずに早口でせかすように話した。高橋は「お前のおごりで今度ウナギの白焼きをご馳走しろよな。２８０円で無理やり事業部長の承認取ってきたよ」と少し笑いながら答えた。

俺は必ず白焼きをご馳走する事を約束して電話を切った。そして急いで中塚を呼び出した。「中塚！　やったぞ！　２８０円が出たぞ」と俺は興奮を抑えきれずに叫んだ。中塚はどこか目の焦点が合っていないような表情を浮かべ「そうですか」と小さく微笑んだ。俺は昨日からイマイチ覇気の感じられない中塚の表情が気になっていたが、とにかく急いで見積書を作らせ大倉部長へメールで送るように指示を出した。

昨日から中塚に覇気が感じられないのは、なんとなく気にはなっていたが、まあ、あいつの覇気なんかこの際どうでもいいと思った。要は注文さえ取れればいいのだ。そうすれば来年度は一課や二課に勝てる。

所詮あいつはその為のツールでしかないのだから。無機質な血の通わないツールだ。

午前十時を過ぎた頃、中塚を呼び出し状況の確認をした。

「大倉部長は何て言っていた」と尋ねると「必ずこの価格で社内をねじ伏せると仰っていました」と明るく笑った。

あの覇気がない表情から一転して明るい表情に変わっていた。俺は「そうか。でも油断は禁物だ。相手はあの入山電気だ。何をしてくるか分からん。とにかく大倉部長とマメに連絡を取って逐次状況を確認しろ」と指示を出した。過去の経験から入山電気のやり方は察しがついていた。土壇場に追い込まれるととんでもない事をしでかすメーカーだった。俺は過去の経験からその手口で何度も痛い目に合わされてきた。

中塚は真剣な表情で頷くと足早に席に戻っていった。


午後二時ごろ中塚の携帯電話が鳴り響いた。相手は大倉部長だった。中塚が電話を取ると「ああ中塚君か、大倉だ。今まさに会議中なのだが、まずい事態になっている」と不穏な声で話し始めた。「入山電気だ、奴ら俺に内緒で設計部長の高山に280円の見積もりを出しやがった」と声の語気を更に強めた。「いいか同志よ、よく聞け。270円だ！　270円を出してほしい。今ちょうど設計部門がプレゼン中だ。最後に資材部門のプレゼンがある。そこで270円をぶちかませば必ずや勝機はある。このまま280円では設計部門に無理やり押し込まれてしまう。同志よ、ピンチだ。何とか援護射撃を頼む」と悲痛な声で中塚に懇願した。中塚は携帯電話を強く握りしめながら「分かりました同志。何とかします。だから、だからそれまで何とか持ちこたえてください。辛いでしょうけど何とか！」と早口で話した。「分かった、頼むぞ同志よ。俺もこんな所で野垂れ死ぬ訳にはいかない。おっとまずい、そろそろ会議に戻らないと。『青い光で世界平和を』」と言い残し電話が切れた。電話を切った後、中塚も同じように「青い光で世界平和を」と小さく呟いた。その目にはうっすらと涙が浮かんでいた。

そして血相を変えて俺の元に走って来た。「課長！　大変です！」と言って事の顛末を説明した。俺は「そうか、やっぱり入山電気の奴が仕掛けて来たか～参ったな」と渋い表情を浮かべた。すると中塚は怒りの表情を浮かべ「課長！　何のんきなこと言っているんですか！　今すぐ工場に行くぞ！」と大声で叫んだ。周りが驚いてこちらに視線を向けると中塚は「あ、すみません、興奮してしまって」と少し恥ずかしそうな表情を浮かべた。

俺は珍しく興奮している中塚に少し驚きながら「あ、ああ、そうだな。とにかく高橋のところにすぐ行こう」と言って外出の準備を始めた。

準備をしながら、昨日のあの覇気が全く感じられ無かった、中塚の変わりようについて考えていたが、途中で考えるのを止めた。そんな事はもうどうでもいい。あいつは俺の一つのツールでしかない。血の通わない無機質なツールだ。今はとにかくこの商談を受注する事だけに集中すればいい。そのために中塚が使えるツールであれば、それをフル活用するだけの事だ。あいつの感情などこの際関係ない。

工場に到着すると俺たちは、急いで高橋のいる開発部へと向かった。

高橋の席に向かうと「何だよ野口、また緊急事態って。俺だってこの仕事だけやっている訳じゃないんだぞ」と少しうんざりした表情を浮かべながら席を立った。「今日は会議室が一杯だ。そこのミーティングコーナーでいいか」と言いながら歩き始めた。

「すまんな、高橋。またあの入山電気が仕掛けてきやがって。どうしてもあと10円下げなきゃならないんだ」と少し申し訳無さそうな表情を浮かべた。高橋は椅子に座ると開口一番「無理だな。２８０円だって赤字なんだ。と言うより仮に２７０円を出したとしても入山電気は２６９円を出してくるに違いない。無意味な泥試合は避けたい。全く意味がない」と言いながら椅子に座った。

俺は「確かにお前の言う事は良く分かる。俺だって無意味な価格競争は避けたいさ。でも今はどうしても２７０円が必要なんだ。頼むもう一回検討してくれ」とテーブルに頭がつくほど頭を下げて懇願した。

高橋は珍しく語気を強め「お前、２８０円出せば注文取ってくると言ったよな！　だから俺たちは真剣に昼夜検討したんだ。営業はいつもそうだ！　要は適当なんだよ！」と言って会話を切り捨てて立ち上がろうとしたと時、突然中塚が「ちょっと待ってください高橋課長！」と言って興奮気味に立ち上がると「あんたじゃ話にならん！　今すぐ事業部長に合わせてください！」と大声で叫んだ。俺も高橋も中塚のあまりの変貌ぶりに、一瞬凍り付いて言葉が出なかった。

俺は冷静を装いながら「中塚、課長に向かってあんた呼ばわりは失礼だぞ。まあ座れよ」と興奮気味の中塚をなだめた。「でもな高橋、これは恐らくお前の一存では、判断出来ない内容だと思う。中塚の言う通り事業部長に直訴させてもらえんか。それでだめなら潔く諦めるから」と言って深々と頭を下げた。「まあ、長谷部事業部長はさっきチラッと見かけたから、社内には居ると思うが」とやや不服そうな表情を浮かべながら席を立ち長谷部事業部長がいる部屋へと向かった。しばらくすると「野口！部屋に入れ」と高橋が大きな声で俺たちを呼んだ。

部屋に入ると長谷部事業部長が背もたれに深くもたれながら「野口君、話が全然違うじゃないか。値段を下げさせる為のいい叩き台になっているだけじゃないのか?」と怪訝そうな表情を浮かべた。

するとまた中塚が立ち上がり「事業部長、お言葉ですが全く違います! 同志が、同志が今戦場で戦っているんです。早く270円を出さないと同志が」と言いながら興奮状態で訴え掛けた。

周囲はその異常な興奮状態の中塚に少し圧倒された。

長谷部事業部長は背もたれから少し身体を起こしながら「ど、同志って…ま、まあ状況が逼迫している事はよく分かった。事業部側もこの案件は取りに行くと決めている。ただどう考えても270円は無理だ。275円で何とか決めてこれんか」とメガネのフレームを持ち上げながら俺に伺いを掛けてきた。「ありがとうございます、事業部長。275円で何とかしてきます!」と言って深々と頭を下げ俺たちは部屋を後にした。部屋を出ると「中塚、直ぐに大倉部長に連絡だ。275円で何とかお願いするんだ! ゲームはまだ終わっていない!」と今度は俺が興奮の絶頂状態で中塚に指示を出した。

中塚は大きく一度頷くと携帯電話を片手に近くの空いている会議室へと駆け込んだ。

急ぎ過ぎた為、何度かコケそうになりながら走った。

その走りはなりふり構わず、正に全力疾走そのものだった。

そして戦いは終わった。

ギリギリのタイミングで資材部のプレゼン時間に２７５円の回答が間に合い、入山電気を蹴落として俺たちは新規受注の獲得に見事成功した。

後で大倉部長へお礼の訪問をすると、あの２７５円の回答があと二十秒遅れていたら資材部のプレゼンに間に合わず、間違いなく入山電気に決まっていただろうと笑いながら話した。

その意味では、あの中塚のなりふり構わない不格好な全力疾走は大ファインプレーだった訳だ。

「つくづく不思議な男だ」と外の喫煙所でたばこをふかしながら俺は思った。冷たい北風が、たばこの煙を空高く粉砕していった。

あいつがあんなに興奮した姿は、今まで見たことがなかった。でもそのお陰で事業部長にも最短で面談が出来て、結果的に回答も引き出す事が出来た。今回の受注はあいつの功績と言っても過言ではない。

身体に突き刺さるような冷たい北風を真正面に受け、俺は背中を少し丸めた。

まあ、でも所詮あいつはツールでしかない。無機質で血の通わない出来の悪い単なるツールだ。今回はその出来の悪いツールがたまたまいい働きをしたに過ぎない。俺はただそれを使いこなせばいいだけだ。「簡単な話だ」と一人小さく呟きたばこの炎を静かに消した。

〈逆転その3〉

その日は朝から営業本部長の呼び出しを食らっていた。なんの件か思い返したが、全く心当たりが思い浮かばなかった。

俺は少し不安そうな表情を浮かべながら田畑本部長が待つ会議室をノックした。

部屋に入ると田畑本部長は、静かに窓の外で元気に飛び回る小鳥を眺めていた。

俺に気づくと「ああ、野口君、朝から悪いね」と言いながら高そうな皮のソファーに腰を下ろした。「実は、君に折り入って頼みたいことがあってね」と言いながらどこか不自然な表情でニヤリと微笑んだ。

「聞くところによると君は、帝都自動車の中村課長と仲が良いそうだな」と言ってさっきより不自然な表情で笑った。今度は余りにも不自然であった為、少し顔がひきつっているようにも見えた。

「ああ、設計の中村課長ですか。はい、よく存じ上げております。私が帝都自動車を担当していた時、若手の設計者として一緒に仕事をさせて頂きました」と記憶を辿るように話した。

「当時はお互いまだ二十代で血気盛んだった事もあって、言いたい事を言い合いながら、時には激しく喧嘩もしましたよ。まだ若かったからお互い駆け引きなんか出来なくて、自分の主義主張を、ただ真っすぐにぶつけ合うだけでしたが」と少し懐かしそうな表情を浮かべながら話した。

田畑本部長は急に真顔になると「そうか。そこで一つ相談なんだが」と言って身を乗り出して話し始めた。表情には先ほどよりも緊張感を感じた。

「実は帝都自動車で長年採用されているコネクターが、先方の次世代モデルの開発が前倒しになった関係で、我が社の新製品の開発が間に合わなくなってしまってな。次の試作基盤には他社製が搭載されることになってしまった」と大きくため息をついた。

「この試作に搭載された部品がそのまま量産まで進む事になる。つまりはうちのコネクターは他社に切り替えられてしまうって訳だ。その損失金額は年間六億円だ」と言いながら背もたれに深くもたれかかった。そして再び背もたれから勢いよく身体を起こすと「そこでだ。君に何とかそれを阻止してもらいたい。試作部品の決定権は設計の中村課長が全て握っている。何とか君の力で中村課長を説き伏せて欲しい。もちろん接待で金はいくら使っても構わん。それで阻止できるなら安いもんだ」と不敵な表情で笑った。

「ちょっと待ってくださいよ、本部長。中村課長との接点はもう何十年も前だし、今とは置かれている立場が全く違います。それにそもそも帝都自動車は、首都圏営業部一課の管轄顧客じゃないですか。何でまた私が」と俺は少し慌てながら早口で反論した。

「もちろんそうだが、一課の連中が中村課長と面談したとき、君の名前が何度も出たそうだ。今は腹の中真っ黒かも知れんが、20代のピュアな気持ちで君とぶつかりながら仕事をした記憶が、今でも美しい思い出として心に深く刻まれているのだろう」と更に不敵な笑みを浮かべた。

「確かにあの人は真っすぐな人でした。でも…そもそもこれは一課の仕事じゃないですか。私の与えられた職務外の仕事です」と不満そうな表情を浮かべた。

「それはそうだ。君の不満は至極当然だ。でもな、成功の暁には、帝都自動車の販売権の一部を君の三課に移そうと考えているんだ」と悪い表情で笑った。

　帝都自動車は一課のメイン顧客で、売上はザックリ計算しても年間三十億円は固いはずだ。その一部でもうちに来るなら、それはそれでかなりでかい話だ。もしうまく話がまとまれば、俺の社内評価もグンと上がるに違いない。これを受けない手はない。

少し考えた末、俺は腹を決めた。

「おっしゃる事はよく分かりました。我が社の損失が私の人脈で防げるなら喜んで協力させて頂きます。で、うちの新製品は客先スケジュールとどれくらいギャップがあるのですか」と興奮を必死に抑えながら尋ねた。

「三ヶ月だ」と田畑本部長は冷静に答えた。「さ、三ヶ月！　本部長、いくら何でもそれは無理ですよ。この業界三週間でも遅れたら難しいのに、よりによって三ヶ月って」と少し呆れた表情を浮かべた。「君はやる前から諦めるつもりか！　さっきやると言ったじゃないか！　それでも営業か！　いや、それでも男か！」と初老男性の強烈で理不尽な怒りを容赦なくぶつけられた。


会議室を出ると大きなため息を一つついた。

俺は仕方なくこの話を受ける事にした。というより、受けざるを得なかった。

『きっと営業一課の近藤の仕業に違いない』と俺は心の中で一人呟いた。

近藤は営業一課の課長であった。年齢は俺よりも三つ年下で、何より田畑本部長が大のお気に入りの超エリート社員だった。あいつが今回の件で自分のキャリアに傷が付く事を恐れ、俺を巻き込み、もしダメだったら俺に責任転換をする腹積もりだろう。田畑本部長もそのストーリーに乗っかって、俺に命令したに違いない。

全く最近のエリート社員と呼ばれる奴らは、自分のキャリアをメンテナンスする事しか考えていない。会社の業績なんてきっと二の次なのだろう。そんな奴らが偉くなって会社の幹部になったら、うちの会社も終わりだなと切実な気持ちで危惧した。

そんな事を考えながら、自分の職場へ向かって歩いていると、少し丸まった背中を無理やり伸ばして一人呟いた。『ゲームはまだ終わっていない』

可能性は極めて低いが、うまくまとめ上げる事が出来れば帝都自動車の売上の一部を獲得する事が出来、更に俺の社内的評価も間違いなく上がる。問題は設計の中村課長だ。あの人さえ説き伏せれば何とかなる。

『ゲームはまだ終わっていない』と今度は心の中で大きく叫び、俺は足早に職場へと向かった。

職場に戻ると、営業一課の近藤課長の元へ向かい、帝都自動車の中村課長の連絡先を確認した。近藤課長は名刺のコピーを取りながら、俺の方を向いて一瞬ニヤリと笑った。

俺は無言で名刺のコピーを受け取り自分の席に戻ると中村課長へ連絡をし、一週間後の水曜日に会食の約束を取り付けた。

中村課長とはもう何十年も昔になるが、よく一緒に飲みに行っていたので、大体の食の好みは理解していた。でも何しろ今じゃ天下の帝都自動車の課長様だ。部下だってきっと何百人もいるに違いない。

下手な店に連れて行く訳にはいかないと思い、俺は最近よく使っている銀座の高級寿司店を予約した。中村課長は大の日本酒好きだった。あそこの寿司屋が置いている日本酒の種類は、銀座でも群を抜いていた。『あそこなら、まず問題なし』と一人呟き中塚を呼び出した。

「中塚、来週の水曜日に帝都自動車の設計課長と銀座で会食するからお前も同席しろ」と言いながら手帳のスケジュール表を開いた。中塚は「はい」と小さく答え足早に自分の席へと戻っていった。

相変わらず覇気のない奴だ。普通だったら、何で俺が帝都自動車の設計課長と会食するのか位は訊くだろう。まあいい、あんな天然物はまともに相手にしても意味がない。客に酒を作ったり、注文したりの雑用くらいは出来るだろう。所詮あんな奴はそれくらいの役にしか立たない無能なツールだ。銀座で寿司が食えてラッキーくらいにしか思っていないのだろう。

少しすると堀口が呼んでもいないのに、俺の元に歩み寄ってきた。「中塚から聞いたのですが、何で課長があの帝都自動車の設計と会食するのですか」と怪訝そうな表情で尋ねてきた。

まあ、普通はこういう反応をするよなと思いながら、事の顚末を堀口に説明した。

「なるほどそうゆうことですか。つまりは近藤課長の方が一枚上手だったたって訳ですか」とまるでご愁傷様とでも言わんばかりの表情で足早に席へ戻っていった。

俺はスケジュール表に中村課長との会食予定を黙々と書き込みながら呟いた。『まだゲームは終わっていない』

中村課長との会食当日、俺と中塚は早めに店へ入り、大将と料理や日本酒の相談をしていた。中村課長の好きな日本酒は辛口だったと記憶していたので、辛口のおすすめを選定してもらった。

この寿司屋は、百年の歴史を誇る店だったが、ここ最近、若い三代目に代替わりしてからというもの、その伝統に若く攻撃的な感性も加わって、銀座で一番のお気に入りの店だった。

だから、酒と料理に関しては、若い三代目に任せておけば何の心配もなかった。

あとはどうやって、中村課長を攻略するかだけに神経を集中させればよい。

そして万全な状態で座敷に座っていると、中村課長が「よう！　野口さん、久しぶり」と言いながら部屋の襖を開け座敷に入ってきた。

中村課長の他に部下と思われる三人の設計者達も、頭を軽く下げながら後に続いて入ってきた。

部下がいれば、具体的な実務の話も直ぐに出来るので、これはこれで有難い配慮だと感謝した。

　会食が始まると、昔話で徐々に場は盛り上がっていった。

　中村課長は、見た目こそ少し年相応になっていたが、ダイナミックな話し方と人を引き付ける明るい性格は、昔とちっとも変わっていなかった。だからこそ、あの帝都自動車の課長にまで成り上がったのだろう。

　昔からこの人からは、なんだかんだ言い合いをしながらも、多くのエネルギーをもらっていたなと、俺の中で当時の懐かしい感覚が蘇ってきた。

「いや〜若い頃はお互いとんがっていたから、よくぶつかったよな。だって野口さん、俺の言う事ちっとも聞いてくれないんだもの」と中村課長も懐かしそうに目を細めた。

「でもね課長、私はいつも中村課長にメリットがある提案しかしませんでしたよ。意地でもね。会社からこっちを売ってこいと命令されても、絶対に従いませんでしたから」と俺も少し酔いながら過去を振り返った。

「あんたは全然先が見えていないって、よく口論になったよな」

「そうそう、じゃあこの決着は、飲み屋でつけようって、よく飲みに行きましたよね」と俺が話すと「そうそう、あのガード下の汚い焼鳥屋、何て言ったかな、ああそうそう、鳥宗だ！　あそこにはよく行ったよな」と中村課長も少し酔い始めご機嫌な調子で話した。

「でもあのなんの変哲もない安い熱燗が、不思議と美味しくてな。いや〜あの味は忘れられないよ」と言いながら懐かしそうな表情でじっと盃を見つめた。

「こんな高級な日本酒よりも、なぜかあの時の熱燗の方が美味しかったように感じる。本当に不思議だ」と言って盃を一気に飲み干した。

俺は接待をしていると言うよりは、昔の同級生と酒を飲んでいる感覚に近くなっていた。

いつも接待で食べる高級料理は、緊張や気配りのせいか、ちっとも美味しく感じられなかったが、今日は何を食べても美味い。

それは銀座の高級寿司店だからというだけではなく、どこか素の自分が食べているような感覚に近いからだろうか。酒も料理もこの上なく美味しく感じられた。

本題の試作基盤の話をするタイミングを、それとなく何回か探ったが直ぐに止めた。今は、そんな無粋な話はしたくなかった。純粋に中村課長と昔のようにたわいもない話がしたかった。妙な俺の小さなプライドだろうか。今はただこの人と対等な立場で話がしたかった。

みっともなく頭を下げたくなかった。

でも仕事は仕事だ。やることは、きっちりとやらなければならない。

中村課長はカラオケが好きだから、二次会はどこかのスナックに行くはずだ。銀座で行きつけのスナックは数件ある。仕事の勝負はそこですればいい。

と二次会の事を考え始めていると、中村課長の方から話を切り出してきた。

「野口さん、どうだろう次は歌でも歌いに行かないか？　俺の行きつけのスナックがあってさ。いや、実はもうそこを予約してあるんだよ」と少し照れながら話した。

「いいですね！　久しぶりに中村さんの歌も聞きたいし！」と心にもないお世辞を言った。もうここからは、仕事モードだ。戦闘モード開始だ。

いつまでも甘ったるい過去に浸っている訳にはいかない。気持ちをスパッと切り替えよう。

俺は俺の目的を達成する事だけに集中すればよい。その為には、幾らでもおどけた表情で安っぽいお世辞を言い、そしてこんな頭で良ければ幾らでも下げまくってやる。

「よし決まった！　じゃあ早速行こうか。ああ、そのスナックはこっちで払うからさ。なにしろ安い店だから」と笑いながら立ち上がった。

そして俺たちは、タクシーで中村課長が予約したスナックへと向かった。

店に着き、中に入ると客は誰もいなかった。銀座の店にしては、余り高級感は感じられなかったが、清潔感のある感じの良い店だった。

ママは三十五歳位だろうか。美人だが、気取った感じは全くなく、むしろ親しみやすさを感じた。

「あら、中村さん、お待ちしておりました。今日は他のお客さんは入れないから、ゆっくりしていってくださいね」と優しく微笑んだ。

さすがは天下の帝都自動車の課長だ。店側もその事をよく理解していた。

「無理言って悪いなママ」と言いながら中村課長はソファーにゆっくりと腰を下ろした。俺たちもそれに連れられるように中村課長を囲むようにしてソファーに座った。するとママが「何しろ天下の帝都自動車の大課長様ですからね」と少しおどけた表情を浮かべながらウイスキーの水割りセットを運んできた。

俺たちはウイスキーの水割りで乾杯をし、二次会はスタートされた。

二次会は事実上、中村課長のワンマン歌謡ショーだった。間髪を入れず、次々と昭和歌謡を熱唱していった。

驚いた事に、中村課長が歌う曲に合わせて、部下の三人は振付をしながら踊っていた。どこで練習しているのか知らないが、その三人の振り付けは寸分のズレも感じられなかった。こいつら本当に仕事をしているのかと思わせる程、その振付は完璧だった。

余りにも完璧すぎて思わず失笑してしまうくらいだった。3曲立て続けに歌い終わると中村課長は「君も若いんだから歌ってよ」と中塚にカラオケのリモコンを預けた。と同時に4曲目が始まり、また三人はすかさず立ち上がって踊り始めた。額には汗が少し滲んでいた。

　とその時、俺の携帯電話がけたたましく鳴り響いた。電話の相手は堀口だった。

「ちょっと失礼します」と言って俺は店の外に出た。

　堀口の要件は、明日の打ち合わせで回答する価格についての相談だった。さすが堀口はエリート社員の事だけはあり、自分の回答案とストーリーが決まっていた。どこかの若手社員とは大違いだ。

　自分でストーリーを持って打ち合わせに臨む者、上から指示された事しか出来ない奴。いや中塚に至っては指示された事すらまともに出来ないが。

　俺は堀口のストーリーで打ち合わせに臨むことに合意して電話を切った。足早にスナックに戻り扉を開くと、中塚がマイクを握り締め激しく熱唱していた。

「あなたは知らないでしょう♪恋のシッチュエーション♪あなたウラハラ♪私ハラハラ♪」と昭和歌謡を決して上手くはなかったが声が枯れんばかりに熱唱していた。

　何となく漂う場の雰囲気に違和感を覚えながら、ソファーに座ると設計の辻井主任が俺に近づき「あんたの所の若い子やっちまったな」と少し憐みの表情を浮かべながら話し掛けてきた。

　俺が少し怪訝そうな表情を浮かべると「今歌っている『突然マイラブ』は中村課長の十八番の曲でね、いつも最後の締めで歌っているんだよ」と同情の笑みを浮かべた。

まるで「ご愁傷様」とでもいいたそうな表情に見えた。

「ええ！　そりゃまずい！　直ぐに止めなきゃ！」と言って俺は慌ててリモコンを探した。

するとと辻井主任は、俺の手を制するようにして「もう遅い。だってもう3番を歌っているんですよ。今更止めたら余計に場がしらける」と諭すような表情を浮かべた。

丁度その時、中塚は3番を歌い終わり、突然マイラブはエンディングを迎えた。

俺は急いで中村課長の所へ謝罪をしに行こうとすると、中村課長は眉間に深いしわを寄せ、思慮深い表情を浮かべてソファーに深くもたれかかっていた。

「まずい、完全に怒っている」と思い中村課長に恐る恐る近づこうとした時「よし！今日はこれでお開きにしよう！」と言いながらスッと立ち上がった。

そして俺の方を見ると「野口さん、今日はありがとう」と言い残し出口に向かって足早に歩き始めた。

まだ肝心な試作基盤の話が何も出来ていない。これはまずいと思い「中村課長、タクシーを呼ぶので少しお座りください！」と慌てて引き留めようとしたが「いいよ、タクシーなら外で幾らでも捕まるから」と言い残し扉を開けて三人の部下と共に外に出て行った。

最後に出て行った辻井主任が、同情の笑みを浮かべながらゆっくりと扉を閉めた。

「中村さん、珍しく早く帰ったわね」とママは少し心配そうな表情を浮かべた。

中塚はまだ唄う気満々な表情で、リモコンのメニューを真剣な表情で見つめていた。

この馬鹿のせいで、今日の接待が台無しになってしまった。ほぼ計画通りに進んでいたのに。こいつが「突然マイラブ」さえ歌わなければ。

俺はがっくりとソファーに崩れ落ちた。

そして悔やんでも悔やみきれない気持ちを静めるように、水割りを一気に飲み干し小さく呟いた。「まだ、ゲームは終わっていない」と。

とにかく明日の朝一に謝罪をしに行こう。中塚に対しての怒りはあるかも知れないが、俺に対しての怒りは無い筈だ。

寿司屋では昔話で盛り上がり、少なからず楽しい時を過ごせたことは間違いない。誠心誠意謝罪すれば、試作基盤の話だって、きっと聞く耳くらいは持ってくれる筈だ。

俺は中塚から勢いよくリモコンを奪い取ると「明日があるさ」を熱唱した。「ゲームはまだ終わっていない」と強く心で思いながら。

翌朝、俺は朝一番で昨日の中塚の失態を詫びに中村課長の元へと向かった。

少しやきもきした気持ちで、ロビーで待機していると、エレベーターの扉が開き中村課長の姿が見えた。中村課長は俺に気付くと「ああ、野口さん、昨日はどうも」と言いながら俺の方に歩いてきた。

俺は深々と頭を下げ「中村さん、昨日は大変申し訳ない事をしました。本当に申し訳ございません。何卒、部下の無礼をお許しください」と何度も頭を下げた。

こんな頭を下げて許してもらえるなら、こんな頭を下げればあの試作基盤に話を聞いてもらえるなら、土下座をして床に額をこすりつけても構わないとさえ思っていた。

中村課長は少し驚いた表情を浮かべると「なに？　なに？　野口さんどうしたの？いいから頭を上げてよ」と俺の肩をポンと叩いた。

俺は頭を下げたまま「先日、うちの馬鹿社員が中村さんの一番歌いたかった曲を歌ってしまい、本当に申し訳ございませんでした。無理を承知のお願いですが、何とかお許し頂けないでしょうか」と今自分が出来る精一杯の謝罪の気持ちを伝えた。

すると中村課長は「ああ、あの事！　何を一生懸命に謝っているかと思ったよ！」と言いながらロビー全体に響き渡るくらい大きな声で笑った。

「いや～実は俺あの時凄く嬉しくてさ！　だってそうだろ、あんなに若い子が俺の一番好きな曲歌ってくれるなんてさ！」と満面の笑みを浮かべながら話した。

俺は「え…」と驚きながら少し頭を上げ、今日初めて中村課長の目を見つめた。その目は間違いなく心の底から笑っている目だった。

「いや～それにあの歌のお陰で、俺は目が覚めたんだ」と今度は少し真剣な表情に変わった。

「課長になってからというもの、自分の保身にばかり気を取られて仕事をしていた。まるでヒラメみたいに、砂に隠れて上ばかり気にして見ていた」と少し自嘲気味の表情を浮かべた。

「でもあの歌を聴いて、はっきりと目が覚めたんだ。あの青年は歌いながらしっかりと正面だけを見つめていた。怖いくらいの迫力でな。まあお世辞にも歌は上手くなかったけどな」と言いながらまた大きな声で笑った。

「あの歌を聴いて、昔の俺は、そうそれこそ野口さんと喧々諤々に仕事をしていた頃、俺は馬鹿正直に真っすぐ正面だけを見つめていた」と言うとクルリと背を向け窓の外を見つめた。そしてまた振り返ると「あの歌を聴いて俺は分かったんだ。あの頃の自分に帰る必要があると。いや少し違うな、あの頃の自分に帰りたいと思ったんだ！あの頃のように、真っすぐ前だけを見つめていたいとね！」とその目は熱い情熱に満ち溢れていた。まさにその目は、俺が若い頃に何度も見た中村課長の熱い眼差しそのものだった。

「今置かれている立場もあるから、もうあの頃のように馬鹿正直に真正面だけを見る訳にはいかない。でも少しでもあの頃の俺に戻りたいんだ」と言って天井を見上げた。

　俺は動揺を隠しながら、少しずつ直立の姿勢に戻そうとすると「ああ、そうそう。

あの次世代向けの新しいコネクター、いつ頃入るんだっけ」と尋ねてきた。

「大変申し訳ございません、全力で取り組んでいるのですが、どうしても三ヶ月後になってしまいまして…」と俺はしどろもどろに答え、直立に戻そうとした姿勢をまた頭を下げてゆっくり低姿勢に戻した。

「そうかそうか分かったよ。丁度、今の試作基盤に載っている他社製の部品に不具合が出ていてね。もう一回試作をしなきゃと思っていたんだよ。その時に無理やりコネクターも変えて評価するから持ってきてよ」と少し小声で話した。

「えええ！　よろしいのですか！」と俺は興奮気味に話した。恐縮そうな表情を浮かべ、姿勢は極端なくらい直立不動に戻っていた。

「ああ、なんか理由をこじつけてやってみるよ。但し、三ヶ月以上は待てないぜ。こっちもお尻が決まっているからな」と優しく微笑んだ。

俺は何度も頭を下げ感謝すると、中村課長は笑顔を残し、無言でその場を立ち去って行った。まるで満開に咲き開く桜の枝を少しくすぐるような、穏やかな春風のように。

俺はしばらく、その場に茫然と立ちすくんでいた。今起こった出来事は、果たして本当に現実なのだろうかと、少し疑わしい気持ちにさえなっていた。

安堵感というより、強烈な疲労感を全身に感じて、俺はしばらくその場から動く事が出来なかった。

　いや、このどこか心地よい疲労感をしばらく感じていたくて、ここを動きたくなかったのかも知れない。何となくこの不思議な余韻を、あと一分一秒でも長く感じていたかった。


　会社に戻り席に座ると、中塚が俺の背後の書類棚から鼻歌を歌いながらファイルを探していた。

「あなたは知らないでしょう♪恋のシッチュエーション♪あなたウラハラ♪私ハラハラ♪」と歌いながら。

「おい、中塚」と呼ぶと「ああ、課長、戻られていたんですか。いや〜あれ以来、『突然マイラブ』が頭から離れなくて」と屈託のない笑顔を浮かべた。

　俺はその屈託のない笑顔を完全に無視しながら「帝都自動車の次世代向けコネクターだが、三ヶ月遅れから一日も遅れないように工場側をフォローしろ！　いいか毎日だ！　絶対に毎日フォローして俺に毎日報告しろ！」と冷酷な表情で指示を出した。

中塚は俺の冷酷な表情を見ると、神妙な面持ちに変わり「はい」と一言残し足早に席に戻っていった。

　俺は「呆れた奴だ。自分の失敗すらまともに理解していない。全くどうしようもない」と心の中で毒づいた。

ただ、一つだけ認めたくはないが、認めなければならない事実がある。今回の成功は、あいつの歌がなかったら、成し得なかったかもしれないという事実だ。

あの歌が無くても、俺が必死に頼み込めば結果として何とかなった可能性はある。ゼロではない。でも果たしてそこまで中村課長の心を動かせたかは疑問である。中村課長だって部下に余計な工数を掛けさせてまで、何の問題も起こっていない部品の評価させるのは、少なからずリスクを抱える事になる。

それにもしそんな事が、上司や他の部門に知れ渡ったら、それこそ厄介な事になる。あれだけの規模の会社だ。やれ癒着だ何だと騒ぎ立てるうるさいヤカラが、社内にも大勢いる筈だ。

でもそのリスクを踏まえてやると言ってくれたのは、あの歌があったからかもしれない。あのへたくそな歌が。

認めたくはないが、あの下手な歌が、追い風となり中村課長の背中を押したのは事実だ。

俺は深くため息をつくと、中塚の方を見た。つくづく不思議な奴だ。全く理解はできないが、結果は正しい方向に向かった。

俺はワイシャツの胸ポケットに手を当ててると煙草が切れている事に気付き、慌てて引き出しから、買い置きしていたはずの煙草を探したが中々見つからなかった。

まあ、でも所詮あいつは単なるツールだ。馬鹿と鋏は使いようと言うではないか。少し扱い辛いツールだが、使いこなせばいいだけの事だ。

単純にそれだけのことだ。深く考える必要も価値もない。

引き出しの奥から煙草を見つけると、俺は無表情で席を立ち上がり外に出た。

背中を照らす外の日差しが、春の訪れを優しく告げていた。隣の公園では桜が満開に咲き乱れていた。

煙草を吸いながら、美しい桜の花びらをぼんやり眺めていると、まるで冬の間に凍り付いていた何か得体の知れないものが、優しい日差しを受けてゆっくりと溶けていく感覚に襲われた。

そしてその日から、俺の中で中塚を見る目が少しだけ変わった。ほんの少しだけだが。

〈一発逆転男〉

その日は朝から村山部長から呼び出しを受けていた。何の件か考えたが、全く思い当たる節はなかった。

もしかしたら、最近の俺の活躍振りが認められ、昇進の話かもしれないと少し期待を込めながら、村山部長が待つ会議室へと向かった。

事実最近の活躍振りは、社内でも大きな話題になっていた。

少し浮かれた気分で会議室に入ると、村山部長がソファーに深くもたれ掛かっていた。

俺の顔を見ると「ああ、野口君、すまんな朝早くから」と言ってやや険しい表情を浮かべた。

その表情を見て、これは昇進の話ではないと即座に悟り、一礼をして少し緊張気味にソファーに座った。

「実は昨晩、杉田自動車の川村部長から、直接電話があってな。何でもうちのコネクターが入らなくて大変困っていた。君何か聞いておるかね？」と心配そうな表情で尋ねた。

杉田自動車は、帝都自動車や富岡自動車ほどの大手ではなく、うちの課でもそれ程大きな金額の取引先ではなかった。しかしながら、日本を代表する自動車メーカーである事には間違いなく、そこでのトラブルは絶対に避けなければならない事態だ。

杉田自動車は、中塚が担当していた。そして俺は問題の報告を全く聞いていなかった為、少し戸惑ったが、慌てて取り繕うように「あああ、あの件ですね。もちろん把握しております。そのですね、今日取り急ぎ小林工場長から再回答を貰うことになっておりまして…」と少ししどろもどろに答えた。

村山部長は「そうか、そうか。なら一安心だ。君のことだから、きっとうまく調整してくれているとは思っていたんだがな」と言って安堵の表情を浮かべた。

そして「君の最近の活躍振りは実に目覚ましい。頼むからこんなつまらん事で、せっかくの評判に傷を付けないでくれよ」と俺の肩をポンと叩いて会議室から出て行った。

俺は事務所に戻ると、中塚を呼び出し事の顚末を説明させた。

中塚は頭を掻きながら「その、納期管理表のエクセルの計算式のΣが…」とまた訳の分からない言い訳を始めた為、俺は話を遮り「言い訳はいいから今の状況を簡潔に説明しろ！」と思い切り怒鳴りつけた。

「お客さんの必要数は一日に百個です。昨日から納入が止まっています。小林工場長からは、どんなに早くても次回入荷は三週間後になると言われました」と今度は淡々と事実だけを説明した。

「つまりは先方との要求から三週間のギャップがある訳か。なんでそんな重要な話が今の報告になるんだよ」と頭を抱えてうなだれると、堀口が席を立ち上がり「でも、千個の市場在庫を確保しました」と得意げな表情を浮かべながら近寄ってきた。

俺は顔を上げると「その在庫を所有していた商社は信用できるのか」と堀口に早口で詰め寄った。

「それは…」と少し口ごもったが「とにかくロットNOを工場に確認しましたが、間違いなく出荷履歴のあるロットNOでした」と語気を強めた。そして「念のため、現物を今工場で確認しているところです」と少し自信をうかがわせた。

俺は腕を組んで状況を整理した。

今確認中の千個があれば、二週間は生産ラインを繋げることが出来る。お客だって在庫が無いと言いながら一週間分位の隠し在庫はある筈だ。じゃなきゃ昨日から納入がストップしているのに、この程度の騒ぎで収まる筈がない。つまりは、この三週間の間にあと一週間だけ工場の回答を短縮すればいい訳だ。

光が見えてきた。今までの経験からこれは何とかなると判断した時、携帯電話がけたたましく鳴り響いた。

電話の相手は小林工場長だった。「ああ、野口か。お前の所の部下からコネクターの確認依頼を受けてな」とやや早口で話し始めた。「今、出荷検査が終わったのだが、驚いた事に全部ロットアウト、つまり全て偽物だった。全くどこで仕入れてきたのか知らないが、よくできた偽物だぜ」と呆れたな声で話した。

俺は一瞬目の前が真っ暗になりかけたが「でも…でもロットNOは実在する番号なんですよね。おかしいじゃないですか！」と無我夢中で必死に食らいついた。

「それが、驚いた事にラベルから箱まで全て偽物だった。多分、中国メーカーの仕業だな。エルメスなんかの偽物も、今時じゃ専門の業者が見ないと分からないらしいからな」と話したところで俺は無言で電話を切った。

激しい鼓動で一瞬胸が苦しくなり、目の前が真っ暗になったが、直ぐに収まった。

呼吸が正常に戻ると、今回の大問題が、どこか他人事のように感じられてきた。

「もう成すすべがない」という絶望感は不思議なくらい感じてこなかった。

そして、どこか自分自身が無機質な物に感じられた。血の通わない無機質な物に。

果たして俺は、この世に存在しているのかさえ怪しい気持ちになっていた。

椅子の背もたれに深くもたれかかりながら、ふと中塚の方を見た。「きっとまた何か起こる、また何とかなるさ。そう、まだゲームは終わっていない」と小さく呟いた。

がしかしながら、今回は全く何も起こらなかった。

杉田自動車の国内とインドの生産ラインは、一週間後に完全にストップした。

俺の予想通り、客先は一週間分の在庫を持っていた。そしてまた予想通りに工場の出荷は一週間前倒しが出来た。

が、その間の二週間のギャップは全く埋める事が出来ず、国内とインドの生産ラインは完全に二週間ストップした。

そして、杉田自動車から機会損失として二億四千万円の損害賠償を請求された。最初は三億五千万円の請求だったが、交渉の末二億四千万円で決着した。それでも二億四千万円の損害請求は、社内でも過去最大クラスの金額だった。

その日から俺は、ほとんどの時間を法務部で過ごし、社内決裁の稟議書作りに追われる日々を過ごした。

俺は客先と連日打ち合わせを重ねながら、淡々と処理作業を進めた。

そして、決裁資料の作成が終わり、その最後の書類に社長の印鑑が押された翌日に、俺の異動辞令が発表された。

異動先は、香川営業所の所長だった。香川営業所といえば聞こえはいいが、香川県の小豆島にある一人ぼっちの営業所で社内では通称、島流し営業所と言われていた。

俺のゲームは終わった。

朝、波の音と漁船のエンジン音で目が覚めた。

ベランダに出ると力強く輝く眩しい朝日が、俺を容赦なく照りつけた。

力強く輝く朝日で俺に今日一日分のエネルギーを与えてくれるようだった。

部屋に戻ると玄関から「野口さ～ん」と大きな女性の声がした。

扉を開けると、近所の倉田さんの奥さんが、発泡スチロールの箱を持って立っていた。

倉田さんはご夫婦で水産加工の工場を経営されていた。

「またアジ持ってきたよ！　はい！」と元気な声で俺に箱を渡した。「うわ～ありがとうございます！　この前に頂いたアジも最高でしたよ！」と言って箱を受け取った。

「型は小さいけどね、脂の乗りは最高だから！」と言って奥さんは優しく微笑んだ。

「前回頂いたのも脂ノリノリでしたよ。ひゃあ～今日は朝から最高の朝飯が食えるぞ」と俺は満面の笑みを浮かべた。

「また持ってくるから！」と言い残し奥さんは忙しそうに玄関から出て行った。

あの一件から、香川県小豆島に異動となり六年の月日が経っていた。早いもので気付けば今年で五十一歳になる。

俺の自宅兼事務所は、海沿いの小さな一軒家だった。

窓を開けると一面に海が広がり、四季を問わず、その海風が少しずつ表情を変えながら、いつも全身を心地よく包みこんでくれた。海沿いのせいか、人工的な音はほとんど無く、いつも聞こえてくるのは波の音や風の音、海鳥やカモメの鳴き声ばかりだった。

最初の頃は、何で俺がこんな所に居るんだと嘆き悲しんでばかりいた。

あの馬鹿な若造の為にこんな事になり、ぶつけようのない怒りの炎を消す事に日々苦しんだ。消しても消しても燃え上がる炎が、最後は大きな口を広げ、自分に襲い掛かってくる夢を何度も見た。


それでも三年の歳月が過ぎた頃になると、俺はこの島が少しずつ好きになっていき、悪夢を見る事も少しずつなくなっていった。

いつしか俺は、東京にあるものを探す事を止め、ここにしかないものを見つけるようになっていた。

そしてある時、この島にあるものは、全て力強い生命力を持っている事に気が付いた。

海沿いにある何気ない雑木林も、よく目を凝らしてみると、都会で見るそれとは全く別物に見えた。

深い緑色の葉を優雅にまとい、一本一本が全く違う表情を持ち、風に揺れるその佇まいは、まるで野生動物のようにさえ見えた。

空を飛ぶ鳥たちの鳴き声も、都会で聞いていた声より、ひと際甲高く大きく力強く感じた。

都会で長く暮らしていた俺は、いつのまにか自分自身が一番無機質になっていたのかもしれない。いや、無機質にならざるを得なかったのだろう。その方が楽だったからだ。

満員電車で一時間も揺られ、知らないオヤジに足を踏まれ、知らない学生が背負うリュックが当たっても、腹を立てる事はなかった。そんな事にいちいち腹を立てていたら、都会で生活する事など出来なかった。面倒くさいことからは、敢えて目を背けていた。

結果、多くの事実に目を背けながら生きていたのかもしれない。

でもこの島に来て、一つ一つの物にしっかりと向き合い目を凝らしてみると、島に存在するものに無機質な物など何一つ見つからなかった。全ての物がその存在意義や意味を、俺に力強く訴えかけてきた。

小さな昆虫や、何気なく生えている雑草からもその力強い訴えは脈々と聞こえてくる。

まるですべての生命体が一つになって、島を形成しているように感じた。

どれか一つでも欠けると、その生命体は成立しなくなるのではないかと思われた。

そして俺は、失い掛けていた心のパーツを一つ一つ取り戻している感覚を覚えていた。お金では決して買う事が出来ない大切なものを。

もしかしたら、これを心の豊かさと呼ぶのだろうか。俺はこの初めての感覚に少し戸惑いながらも、活力に満ち溢れる日々を過ごした。

いつか俺自身も島を形成する一つの生命体になりたいと思っていた。

こんな感覚は、都会の生活では全く感じられなかった。

その瞬間、俺はある事にハッと気づいた。そして一瞬、背筋が凍りつくような感覚に襲われた。

少し震える身体を必死に抑えながら呟いた。「もしかしたら、これが中塚の起こした最後の逆転劇だったのかもしれない」

とその時、携帯電話がけたたましく鳴り響いた。電話の相手はこの島で唯一の大口取引先である、小豆島製作所の平山課長だった。

小豆島製作所は、大手家電メーカーの石油ファンヒーターの基盤の製造を請け負っていた。

「ああ、野口さん、お世話様です。昨日お願いした納期調整の件どうなったかと思ってさ」と穏やかな口調で話し始めた。

「それが、やはり前倒しが厳しくて、今の回答を厳守するのが精一杯の状況でして」

と申し訳なさそうな声で話した。

「そうか、やっぱり難しいか。仕方ない、何とかこっちで調整してみるか」と言って電話は終わった。

何て優しいお客さんだろう。本社で担当していたどこかの自動車メーカーとは、大違いだ。

ふと時計を見ると、時計の針は午後六時十五分を指していた。

俺は一息つくと「ちょっと早いけど今日はここまで」と言いながらパソコンの電源を切り出掛ける準備を始めた。

支度が整うと、ベランダに出てゆっくりと沈む夕日を眺めた。夕日を眺めるのは、俺の毎日の日課になっていた。

その海に沈んでいく神々しい輝きに、俺は時を忘れて吸い込まれていく。

そして夕日が完全に沈むと、今日が終わったというよりは、明日が始まったという、どこかワクワクした感覚に襲われた。

今この瞬間から新しい明日が始まる。今日の自分を反省して、また新しい自分に生まれ変われる。沈む夕日をぼんやり眺めていると、いつもそんな気持ちを抑える事が出来なかった。

沈む夕日を見終わると、俺は上着を羽織り外に出掛けた。

行先は近所にある馴染みの和壱と言う海鮮居酒屋であった。

俺はこの和壱で晩酌兼夕食を楽しむのがほぼ日課になっていた。

店に着いて暖簾をくぐると、既にカウンターには先客が二名座っていた。

常連客の倉田さんと良英さんだった。倉田さんは、俺のアパートの隣で水産加工会社を経営していた。

俺に気付くと「おお、野口さん」と言いながら片手を上げた。俺はカウンターに向かい倉田さんの横に座ると「星司さんすみません、今朝あんなに美味しいアジを、また頂いちゃって」と言って軽く頭を下げた。「いいんだよ、気にすんなって！　どうせあの大きさは売り物になんねえからよ」と笑いながらビールを一気に飲み干した。「あんなので喜んでくれるならまた幾らでも持って行ってやるよ」と言ってにっこり嬉しそうに笑った。

その時カウンター越しから「野口さん、先ずは生ビールでいい？」と店の女将さんが訊ねて来た。店の女将は、貴子さんといい、四十代前半で少し切れ長の目が特徴的な大人びた美しい女性だった。それでいて時々見せる子供っぽい少しいたずらな表情が、とても魅力的な女性だった。

「ああ、頼むよ」と言ってキンキンに冷えたビールジョッキを受け取り一口飲むと「ひゃ～最高！」と言ってビールジョッキを勢いよくカウンターに置いた。貴子さんは「相変わらず美味しそうに飲むわね」と優しく微笑み、俺も笑顔で返した。

すると横に座っていた倉田さんが「何だよ何だよ。二人の笑顔を見てると何か面白くね〜な。もしかしたらお前ら相思相愛じゃね〜のか？」と俺たち二人を茶化し始めた。

「何言ってるのよ星司さん、そんなんじゃないわよ」と言いながら貴子さんは、少し恥ずかしそうにカウンターの奥の厨房へと消えた。

星司さんの指摘は少し当たっていた。

少なくとも俺は、貴子さんの笑顔を見ているのが好きだった。その笑顔を見つめていると、何か心がほっこりと温かくなってくるのを感じた。こんな感覚は、いったい何年振りの事だろうか。

少なくとも本社で、ネクタイという首輪を巻いて社畜のように働いていた時には全く感じられなかった事だ。

いやそんな感傷にふけっている余裕などなかったから、敢えて自分の心に無理やり蓋を閉めていたのかもしれない。無感情という重い重い蓋を。

そんな想いにふけっていると、奥の厨房から貴子さんが、刺身を乗せた皿を運んできた。俺の前にその皿を置くと「今日はヒラメとタイが、丁度食べ頃になったから」と言って嬉しそうに微笑んだ。

俺は一口食べると「う〜ん、これは旨い！」と唸った。この店の刺身はいつ食べても程よく熟成され、甘くねっとりとした旨味が口一杯に広がる。

銀座の高級料亭の刺身より、この店の刺身の方が旨く感じられた。

この島の人たちは、幼い頃から魚と慣れ親しんでいるからだろうか、本当の魚の旨さを熟知しているように感じた。いつ食べてもその魚が持っている旨味のポテンシャルが、強烈な勢いで舌に襲い掛かってきた。

「貴子さん、こんな旨い刺身出されたら、日本酒しかないでしょ」と言って冷酒を一合お願いした。貴子さんは「あらやだ、昨日も同じ事言ってたわよ」と子供っぽい表情で笑いながら冷蔵庫へ向かった。

日本酒と合わせると、更に魚の旨味がアップされたように感じた。島ではどこにでも売っている決して高い日本酒ではないのだが。

もう一合日本酒を頼み、ふと周りを見渡すと店はテーブル席までお客さんが埋まり、いつのまにか満席になっていた。

俺は隣に座っている星司さん、良英さんや他の常連客とたわいのない話をしながら、最高に心地よい時を過ごしていた。

「いいか、よく聞け！　何事も挑戦しているうちは、何があっても失敗じゃない！本当の失敗っていうのはな、失敗を恐れて挑戦を止めた時だ！」と隣で星司さんが少し酔いながら熱く語りかけてきた。

「そうですよね、そうなんですよね。挑戦して失敗した事は、必ず次につながりますしね！」と俺も少し酔いながら返した。

俺はここの仲間達と語り合う心地よい時間が、一日の中で一番好きだった。

みんな仕事が違うから、利害関係や上下関係がなく、まるで高校生か大学生の頃に戻ったかのように、思い思い勝手なことを熱く語り合っていた。

俺はこの心地よい瞬間が、一生続けばどんなに良い事かと思った。

そして貴子さんが追加の日本酒を笑顔で運んで来た時、携帯電話がけたたましく鳴り響いた。

電話の相手は、本社の村山部長だった。いや今は、村山事業部長になっていた。

俺は仕方なく表に出て、少し酔いで赤くなった頬に心地良い潮風を浴びながら電話を受けた。

「もしもし、ああ野口君か、こんな時間にすまんな」と本当に申し訳なさそうな声で話し始めた。

「実は、急な話で悪いのだが、明日の午後一時に本社へ来てほしい」と今度はやや命令口調で話した。

急な話に少し戸惑いながら「明日って。むむ、無理ですよ、急にそんな事言われても。ここどこだと思っているんですか」と少しろれつが回らない口調を必死に修正するように話した。

「ああそうか、確か小豆島だったな。とにかくフェリーでも飛行機でも交通手段は何を使っていいから、最短の時間で本社に来い。そうだな、10時頃までに到着予定時間を連絡してくれ、いいな必ずだぞ、分かったな！」と言って電話は切れた。

俺は急な事で少し動揺しながらも、酔った頭で本社に呼ばれる理由を必死に考えたが、思い当たる事は何もなかった。

そして酔っているせいもあり、だんだん考えるのが面倒になり、もう考えるのを止めた。

もっとみんなと飲みたかったが、店に戻って星司さんたちに事情を説明し、お会計を済ませた。

お会計の時、貴子さんのいつもより寂しそうな潤んだ瞳が少し気になったが、明日の朝が早いので俺は足早に店を出た。

家に帰って出張の準備を済ませ、布団に入ると本社から呼び出しを食らう理由をもう一度考えたが、やはり全く思い当たる節はなかった。

そして酔いも手伝って、いつのまにか深い眠りについていた。

翌朝目が覚めると、小豆島発のフェリーに飛び乗り、姫路港へと向かい姫路駅から新幹線で東京へと向かった。

新幹線の中でも、呼び出しを食らった理由を考えた。メイン顧客の小豆製作所は、全く問題が起こっていない。あんな優しいお客さんだ。むしろ問題が起こりようもない。もしかしたらその先のファンヒーターメーカーで何かトラブルがあったのかもしれない。でもその程度の話なら、電話やTV会議でも済むはずだ。

そんな事をうとうと考えていると、浅い眠りにつき、気付けば新幹線は東京駅到着五分前だった。

東京駅に降り立つと、久しぶりの人混みにうんざりしながらも、予定時間に遅れる訳にはいかず、足早に乗り換え電車に乗り込んだ。

そして本社の前に到着すると、久しぶりに感じるあの心地良くない緊張感が、俺を乱暴に包み込んできた。

一瞬足が止まったが、「一刻も早く終わらせて島に戻りたい」という強い思いをエネルギーに変え、勢いよくビルの中に入りエレベーターに乗り込んだ。

そして事務所の一番奥に陣取る村山事業部長の元へ向かった。

「おお、野口君久しぶりだな、待っていたよ。悪いが直ぐに第五会議室に向かってくれ、大至急だ」と慌ただしく俺に指示を出した。

「ちょっと待ってくださいよ本部長、呼び出された理由くらい説明してくれてもいいじゃないですか」と不満そうな表情を浮かべると「いいからとにかく会議室に行ってくれ」と少しうんざりした表情で俺の背中を強く押した。

何の件でここに呼び出されたのかも分からないまま、俺は会議室をノックして重い扉を開いた。

中には高級そうな細身のスーツを着た、三十代と思われる人間が背中を向けて立っていた。

俺は「野口です、遅くなり申し訳ございません」と言いながらそそくさと中に入った。

背中を向けて立っていた男性は、こちらを振り向き直ると「野口さん、久しぶりですね。お元気そうで何よりだ。あ、私が言うセリフじゃありませんね」と笑いながら話し掛けてきた。

その顔を見て俺は驚愕しながら「な、中塚！　何でお前がここに！　辞めたんじゃなかったのか！」と思わず叫んだ。

「野口さんが、小豆島に転勤されてから、一年後位に退職して外資系の証券会社に再就職しましてね」と言いながら窓の方へゆっくり歩いた。

「その証券会社でアメリカ人の取締役に大変気に入られましてね」と言いながら少し

おどけた表情を浮かべた。

「最初は『You are crazy』って散々怒られていたんですけどね、段々とお前にしか出来ない仕事があると評価が変わり始めて、気付いたら部長になっていまして」と言いながら内ポケットから名刺を取り出し俺に差し出した。

「今じゃ、何でかよく分からないのですが『You are unique』と言われ大変可愛がってもらっています」と言って屈託のない笑顔を浮かべた。

　この屈託のない笑顔は、昔よく見た笑顔でどこか懐かしい感覚を覚えた。

　すると中塚は一歩俺に近づき「なぜ私がここにいるのか説明しましょう」と笑顔が一瞬で消え、鋭い眼光で俺を見つめた。

「先ほども説明した通り、私は外資系証券会社モーゼルストラウス証券に入社しました。この会社は野口さんもご存じだと思いますが、この会社の筆頭株主です」と言ってニヤリと笑った。

　こんな笑い方をする中塚は初めて見た。

　確かに我が社の筆頭株主は、三年位前からモーゼルストラウス証券だった。

　今年の夏から帝都自動車を中心とした自動運転の第三世代の開発がいよいよ始まる。これはインフラ整備も含めた一つの一大国家プロジェクトだ。そしてそのプロジェクトに、この日本コネクター社も参加してもらいます」と引き締まった表情を浮かべた。

「私はこの一大プロジェクトの責任者としてこの会社への出向を命じられたのです。いや〜以前お世話になった会社だからと言って断ったのですが断り切れなくて」と苦笑いを浮かべながら俺に名刺を差し出した。名刺には「取締役　特別プロジェクト事業部長」と記されていた。

「ただこうなったからには、必ず成功を勝ち取らなければなりません。当然他のコネクターメーカーもこのプロジェクトには名乗りを上げています。ここから熾烈な競争が待ち受けています」と言って俺の目を鋭い眼差しで見つめた。

「野口さん、私はこのプロジェクトにあなたの参加を要請します」と更に鋭い眼光で俺を睨んだ。

　中塚のこんな目つきを見るのは初めてだったので、少し戸惑いながら「ちょ、ちょ、ちょっと待ってくれ俺は…」と言いかけた時、中塚はその言葉を鋭利な刃物で切り裂くように言い放った。

「野口さん、ゲームはまだ終わっていませんよ」

―完―

著者プロフィール

清水 徹也（しみず てつや）

32年間半導体商社に勤務後、56歳で飲食業にジョブチェンジをする。現在は三重県津市のワインバーの店長として躍動中。

あたり屋 ～Crash for cash!～

2023年11月15日　初版第１刷発行

著　者　清水 徹也
発行者　瓜谷 綱延
発行所　株式会社文芸社
〒160-0022　東京都新宿区新宿１－10－１
電話　03-5369-3060（代表）
03-5369-2299（販売）

印刷所　株式会社暁印刷

ISBN978-4-286-24649-9